荷叶集

HEYEJI

巨有莲 著

三月春风柳叶青，千丝万缕总关情。
两只家燕枝头唱，几树桃花陌上听。

敦煌文艺出版社

图书在版编目（CIP）数据

荷叶集 / 巨有莲著. -- 兰州 : 敦煌文艺出版社，2022.4

ISBN 978-7-5468-2146-7

Ⅰ.①荷… Ⅱ.①巨… Ⅲ.①中国文学－当代文学－作品综合集Ⅳ.①I217.2

中国版本图书馆CIP数据核字（2022）第057935号

荷叶集

巨有莲 著

责任编辑：王 倩

装帧设计：马吉庆 韩国伟

敦煌文艺出版社出版、发行

地址：（730030）兰州市城关区曹家巷1号新闻出版大厦

邮箱：dunhuangwenyi1958@163.com

0931-8152926（编辑部）

0931-2131397 0931-2131315（发行部）

三河市金兆印刷装订有限公司印刷

开本 880 毫米×1230 毫米 1/32 印张 4.875 插页 1 字数 120 千

2023 年 1 月第 1 版 2023 年 1 月第 1 次印刷

ISBN 978-7-5468-2146-7

定价：38.00 元

自 序

在我四十八岁那年的夏天，有一天当我打开电视机时，电视里正在播放一档中国古典诗词的授课节目，某教授正在讲王维的诗《终南别业》。当讲到"行到水穷处，坐看云起时"时，我的内心顿时就像清泉一样流过，我被中国古典诗词的美深深地吸引了。第二天，我就迫不及待地到甘肃省图书馆办了借书证，借了一本《王维集》，一本《苏轼集》，开始阅读。

人生这趟旅程，一路上有山花烂漫，也有泥泽沟坎，有风和日丽，也有狂风暴雨。当我痛苦无助时，是诗词给了我精神上的抚慰；当我对人生充满怀疑、迷茫不知所措时，是诗词给了我振作起来的力量。回顾来时的路，有很多令我感动的事，有许多美丽的风景令我着迷，我想用诗的语言来描述它、记录它。

读中国古典诗词是我最快乐的事，每当我读完一本书，作者的形象就在我的脑海中清晰起来，让我产生了用诗词来描写诗人的冲动。诗词短小的篇幅，要描写一个人的一生很难。我便从人物性格特点及其经历的重要事件入手，采用粗线条勾勒出人物的人格形象，重点反映人物的思想及其重要历史贡献。多年来，我写了十多首这方面的诗，如《李白行》《王维》《陆游》等。我每到一地旅游，都会用日记来记录每天的所见所闻，回家后再整理成诗。这类诗不少，如《春游官鹅沟》《神

奇的扎尕那》《元宵节游兰州老街》《青海门源油菜花开》
《农家小院》等。还有一些应时之作，如《沙尘暴过金城》《送
君远行》《北京大兴国际机场建成投运》等。

　　我热爱我的祖国，为祖国所取得的成就而放歌；我热爱祖
国的大好河山，为山川美景而放歌；我热爱黄河，热爱家乡，
我为家乡而放歌；我热爱中国古典诗词，为古代先贤而放歌。
古典诗词是我国传统文化的重要组成部分，我们有义务、有责
任传承传统文化。传承古典诗词不能只停留在背诵古人诗句上，
而是要学习古典诗词的写作方法和技巧，并用古典诗词的形式
来描写我们今天的生活，抒发我们心中的喜怒哀乐。本书中的
大部分内容是古体诗和近体诗，这是我对传承中国古典诗词的
尝试。

　　刚开始学习中国古典诗词，我就像望着一座高山，山上有
美丽的风景，我却不知从哪里上山。但是，我知道自己深爱这
座高山，我一定要看到山上的风景。从此我便开始了爬山涉水
的征程，这一走就是十五年。这些年来，通过不断地学习，我
初步掌握了古典诗词的写作方法，并开始了创作。创作的过程
其实就是学习和成长的过程。经过十多年的创作和学习，我的
写作水平有了很大提高，我为此感到高兴，想与热爱古典诗词
的朋友分享我的快乐、我的收获。所以，我将这些年来所写的
诗、词、文编辑成集，期待公开出版与读者见面。

　　本书共包含六个方面的内容：第一部分是古体诗，有二十
首；第二部分是近体诗，有五十四首；第三部分是词，有十一
首；第四部分是赋，有两篇；第五部分是现代诗，有九首；第
六部分是文章，有六篇。本书古体诗、近体诗和词，是依照

自　序

《中华诗词今韵》来用韵的。本书在各单元内是以编年为序。在诗词的注释部分，有些地方参考和沿用了前辈的研究成果，限于篇幅，没有一一注明，在此一并致谢。由于水平有限，错误和疏漏在所难免，敬请读者批评指正。

目　录

一　古体诗

黄龙行 / 003

汶川地震行 / 004

安宁白凤桃 / 005

山村见闻 / 005

彭湃行 / 006

母亲节 / 007

立夏后兰州连阴雨 / 007

端午行 / 008

李白行 / 009

枣 / 012

曹　操 / 013

曹　丕 / 015

曹　植 / 016

东坡行 / 017

酒　歌 / 020

追寻逝去的岁月（组诗）

/ 022

杜甫行 / 026

二　近体诗

柳叶吟 / 033

诺日朗瀑布 / 033

思　念 / 034

赠四弟 / 034

重阳节登云顶山 / 035

春游官鹅沟 / 035

黄河石 / 036

闲　情 / 036

游四川广元皇泽寺 / 037

游四川阆中张飞祠 / 038

重阳节登白塔山 / 039

港珠澳大桥建成通车 / 040

气功太极拳 / 041

气功五禽戏 / 042

登阆中滕王阁 / 043

游四川峨眉山 / 044

游四川眉州三苏祠 / 045

武阳县君 / 046

成都杜甫草堂 / 047

沙尘暴过兰州 / 048

刘禹锡 / 049

李商隐 / 051

登兰山有感 / 052

黄 山 / 053

武陵源 / 053

夏游青海湖 / 054

西海·永远的记忆 / 055

青海门源油菜花开 / 056

韩 愈 / 057

农家小院 / 058

兰州新区 / 059

夜 吟 / 059

送君远行 / 060

游七里寺 / 061

柳宗元 / 062

杜 牧 / 064

立冬日与家人同游北京五彩

浅山 / 065

北京大兴国际机场建成投运

/ 066

王 维 / 067

韦应物 / 068

杏 花 / 069

陆 游 / 070

喜相逢 / 071

黄庭坚 / 072

夏季的若儿盖草原 / 073

神奇的扎尕那 / 074

登兰州黄河楼 / 075

岭南风情 / 076

目 录

白居易 / 077

元宵节游兰州老街 / 080

玉兰花开 / 081

梦游唐宋 / 082

清 明 / 083

辛弃疾 / 083

三 词

鹧鸪天·江南旱涝迭继 / 087

鹧鸪天·游竹林沟 / 088

减字木兰花·游冶力关

香子沟 / 089

蝶恋花·山庄聚会 / 090

青玉案·初秋登仁寿山 / 091

青玉案·湖北秭归县屈原祠

凭吊屈原 / 092

青玉案·重阳节登白塔山

/ 093

瑞鹤仙·贺黄金朱老师

八十五岁寿辰 / 094

钗头凤·迭部之行 / 095

百字令·纳兰性德 / 096

满江红·游燕山青龙峡

/ 097

四 赋

柳 赋 / 101

嫦娥赋 / 102

五 现代诗

大爱无言 / 105

黄河边的歌声 / 108

蓬莱观海 / 110

诗歌，我心中的恋人 / 113

月 夜 / 116

放飞理想 / 117

三叶花　/　118　　　　黄河之滨也很美　/　123

让心儿去旅游　/　120

六　文

春天的乐章　/　129　　　　三代女人的故事　/　136

兰州，我可爱的家乡　/　131　　　游遮阳山和官鹅沟　/　139

回家的路上　/　134　　　　你快乐吗　/　143

荷叶集

古体诗

一

黄龙行①

客车行驶白云端，遥看云龙山下盘。②
似静似动似梦幻，欲飞欲舞欲下凡。③
穿云入雾下山去，黄龙景区在眼前。
栈道④蜿蜒穿林木，旁有涧水绿如兰。
五彩池边古寺⑤静，龙隐云深不知还。
云雾袅袅若仙境，宝顶⑥白雪映日寒。
神女镜⑦里正梳妆，涛声阵阵下前川。
花开溪边闻鸟语，神龙悠悠乐山间。
数叠瀑布似雷动，客来千里爱此山。

【注释】

①此诗作于 2007 年 5 月。黄龙：在四川省阿坝藏族羌族自治州松潘县黄龙乡。行：古体诗中的乐府诗，也称歌行体。②"客车"二句：意谓汽车在白云之上行驶，从山顶往下看，山谷间云的形状像是一条巨龙。③"似静"二句：是说龙在山间的形态不断变换，使人有梦幻般的感觉。④栈道：用木板铺设的小路。⑤古寺：黄龙寺。⑥宝顶：即雪宝顶，是岷山的主峰。⑦镜：指五彩池。

汶川地震行①

草长莺飞五月天，阳光明媚鸟鸣欢。

忽闻滚雷穿地过，顷刻大地如摇篮。

山崩地裂尘埃起，路断桥毁人不还。

县城村镇夷平地，阴阳两隔泪涟涟。

群山阻隔音讯断，天公垂泪亦呜咽。②

神兵③空降映秀镇，投粮送水救伤员。

山体崩塌阻河道，万人撤离夜不眠。④

废墟里面救生者，部队官兵一马先。

举国皆悲涌爱潮，全民支持过难关。

港澳台胞施援手，世界华人齐募捐。

一方有难八方援，中华民族美德传。

莫叹迷茫无前路，双手建设新家园。

众志成城泰山移，中国人民能克艰。

【注释】

①此诗作于 2008 年 5 月。②"天公"句：地震发生后，天开始下雨，持续数日。③神兵：指空降兵。④"山体"二句：山体崩塌形成唐家山堰塞湖，湖水不断上升，严重影响下游数万人的生命财产安全。政府一方面组织力量疏通堰塞湖，另一方面组织下游民众撤离到安全地方。

安宁白凤桃①

仁寿山下是汝家，黄河岸边十里霞②。
花开四月游人笑，八月果熟坐枝丫。
一抹粉腮烟霞妒，半遮翠扇羞答答。
画眉扑粉出阁日，甜言蜜语醉天涯。③

【注释】

①此诗作于 2008 年 8 月。安宁：指兰州市安宁区。②霞：桃花似朝霞。③"画眉"二句：农历七月中旬，白凤桃成熟，果农开始采摘包装，如蜜一样甘甜的白凤桃被售卖到全国各地。

山村见闻①

行人村道闻犬吠，绿树粉墙不见人。
墙外黄花斜阳暮，山鸟深树独自吟。
儿童散学牵羊去，阿爷挑担入家门。
客问儿亲今何在？爷望山外泪沾襟。②

【注释】

①此诗作于 2017 年 9 月。②泪沾襟：老人的儿子及儿媳去外地打工，家里只有他和孙子，听到客问，老人不禁流下了眼泪。

彭湃行^①

又是一年到清明，手捧鲜花祭英灵。

群山巍峨忆往事，大海扬波作和声。

彭湃出身富贵门，却为穷人把命拼。

组织农民建农会，宣传共产主义真。

减租抗捐风云起，英雄赤胆为人民。

唤起工农千百万，红旗插上海陆岑^②。

武装暴动泣鬼神，领导农民旧制焚^③。

不幸入狱何惧死，慷慨就义献忠魂。

家人亦有革命者，誓与彭湃生死跟。

一门忠烈被杀害，常使后人泪沾襟。

后人不忘前人事，革命自有后来人。

【注释】

①此诗作于 2019 年 4 月。彭湃（1896—1929），广东海丰县人。早年赴日本求学，1921 年回国后，在家乡海丰创办"社会主义研究社和劳动者同情会"，传播马克思主义。大革命失败后，他又参加了南昌起义。他是我国农民运动的先行者。1929年 8 月，因叛徒出卖，彭湃被捕，1929 年 8 月 30 日被敌人杀害，遇难时年仅 33 岁。②海陆：今广东省海丰县、陆丰市及周边地区。岑，小山。③旧制焚：推翻旧的制度。斗争虽失败了，但是彭湃为农民运动夺取政权积累了经验。

母亲节①

一生操劳为儿孙，却把花容变皱纹。

锅碗瓢盆交响曲，奏了一春又一春。

儿女开心母亦乐，儿女愁悲母坐针。

春花秋月生白发，但愿儿心知母心。

【注释】

①此诗作于 2019 年 5 月 20 日母亲节。

立夏后兰州连阴雨①

轻烟笼罩黄河岸，两山②葱茏雨涟涟。

芍药开迟百花尽，绿荫丛中青杏圆。

山顶③白雪山下雨，人说十里不同天。

【注释】

①此诗作于 2019 年 5 月。兰州常年干旱，如此连阴雨，罕见。②两山：指兰州市皋兰山和白塔山。③山顶：皋兰山山顶。

端午行①

又是一年芦叶青，汨罗江畔祭屈平。②
不忍亡国投江去，留下楚辞千古情。③
大江南北棕叶香，家家艾草挂门楣。
儿童香包胸前戴，手臂还绕五彩绳。
河岸人群欢声动，龙舟敲鼓咚咚声。
千年风俗还依旧，家国情怀端午行。

【注释】

①此诗作于 2020 年 5 月。②屈平（约前 340—前 278），字原，战国时期楚国政治家、诗人。汨罗江：主要流经湖南平江县及湘阴县（今汨罗市）附近。③"不忍"二句：公元前 278 年，秦将白起破楚国国都郢，被流放的屈原对楚国的前途感到绝望，遂投汨罗江殉国。楚辞：屈原一生创作了许多作品，据《汉书·艺文志》记载，共有 25 篇。最著名的有《离骚》《天问》《九歌》等。

李白行①

身世之谜众说纷，②自称家本陇西人。③
西汉边将李陵后，④五岁⑤来蜀居绵州。
自幼聪慧阅万卷，十五作赋凌相如⑥。
曾随赵蕤⑦学治术，任侠仗剑诸侯游⑧。
故相家中做招婿，蹉跎十年虚酒筹。⑨
万金散尽难交友，建功立业上心头。⑩
自信才情及管乐⑪，隐逸仙山⑫待明主。
仰天大笑出门去⑬，翰林侍君春风拂。
青莲笔落惊风雨⑭，诗成人叹世上无。
陪君宴游吟诗唱，不合初心⑮生忧愁。
借酒浇愁行放荡⑯，君王不满渐远疏。
自请归山君王准，赐金归来寻仙庐⑰。
洛阳之地遇杜甫，携手梁宋同欢娱。⑱
两曜⑲同行众星聚，结交甚欢诗唱酬。
安史之乱庐山隐，永王李璘三召出。
为国平叛入王府，岂知永王有他图。⑳
李璘被杀白入狱，痴心报国成罪徒㉑。
友人搭救出牢狱，流放夜郎㉒心如秋。
白帝城上遇特赦，如沐春风一叶舟。
千里江陵一日还，盼望圣朝用老儒㉓。
六十一岁从光弼，因病返回行半途㉔。
六十二岁死当涂，大鹏折翅临终讴㉕。
诗坛巨星从天落，一生跌宕梦难求。

【注释】

①此诗作于 2020 年 4 月。李白（701—762），字太白，号青莲居士，唐朝最伟大的诗人之一，也是享誉世界的诗人。他把中国的诗歌艺术推上了顶峰。②"身世"句：李白出生地，目前有蜀中说、中亚碎叶说、条支说、焉耆说，大部分学者赞同中亚碎叶说。③"自称"句：李白诗"家本陇西人，先为汉边将"（《赠张相镐二首》其二）。④"西汉"句：张书城在《李白家世之谜》（兰州大学出版社 1994 年出版）中提出，李白是李陵—北周李贤—隋李穆一系的后代。⑤五岁：据李华《故翰林学士李君墓志并序》考证，李白 5 岁来蜀居住，居住地在绵州昌隆县青莲乡（今四川江油市青莲镇）。⑥"自幼"二句：李白自诗"十五观奇书，作赋凌相如"（《赠张相镐二首》其二）。⑦赵蕤：潼江人，"任侠有气，善为纵横学。"著书《长短经》，书中论述王霸之道、统治之术。李白曾拜赵蕤为师学习统治之术。⑧"任侠"句：李白青年时代就仗剑任侠，遍游各地。⑨"故相"二句：开元十二年（724 年），李白辞亲远游，南穷苍梧，东涉溟海，在安陆（隶属今湖北省），被故相许圉师家招亲，与许圉师的孙女成亲。从此"酒隐安陆，蹉跎十年"（李白《秋于敬亭送从侄耑游庐山序》）。⑩"万金"二句：李白出蜀初期，存交重义，在扬州不到一年"散金三十万"接济落魄公子。但是，黄金散尽也没有结交到真正的朋友，他开始考虑建立功业的事，可谓"功业莫从就，岁光屡奔迫"（李白《淮南卧病书怀寄蜀中赵征君蕤》）。⑪管乐：即管仲和乐毅，前者是春秋时期齐国名相，后者是战国时期燕国名将。⑫仙山：李

白先后隐居终南山、嵩山、徂徕山，等待朝廷征召。⑬"仰天"句：天宝元年（742年）通过玉真公主的推荐，唐玄宗下诏征召李白进京。李白喜悦的心情溢于言表，可谓"仰天大笑出门去，我辈岂是蓬蒿人"（《南陵别儿童入京》）。⑭"青莲"句：杜甫称赞李白的诗"笔落惊风雨，诗成泣鬼神"（《寄李十二白二十韵》）。⑮初心：李白的理想是像管仲一样辅助君王管理朝政。⑯"借酒"句：《新唐书·列传·卷一百二十七》载，李白初至长安，玄宗召见，"赐食，亲为调羹。有诏供奉翰林，白犹与饮徒醉于市"。杜甫诗说李白"天子呼来不上船，自称臣是酒中仙"（《饮中八仙歌》）。⑰"自请"二句：玄宗只把李白作为侍从文人看待，这一切与李白想辅佐君王的政治理想相去甚远。由于有人进谗言，加之李白嗜酒不拘小节，玄宗渐冷落李白，李白便自请归山，玄宗顺水推舟赐金准与。寻仙庐：由于仕途受挫，李白产生了出世入道的想法，他赴齐州紫极宫从高如贵道士受道箓。⑱"洛阳"二句：天宝三载（744年）秋天，李白和杜甫在洛阳相遇，结交甚欢，两人又同游梁宋，"醉眠秋共被，携手日同行"（杜甫《与李十二白同寻范十隐居》）。⑲李白和杜甫在齐州（今山东济南）与李邕、高适、卢象等诗人相会，吟诗唱酬。两曜：两颗耀眼的星星。⑳"安史"四句：安史之乱发生时，李白在庐山隐居，当永王水师东下到达浔阳（今江西九江）时，永王李璘三次征召李白出山。李白觉得"苟无济代心，独善亦无益"（《赠韦秘书子春》），报着平叛为国的思想，加入了永王僚。由于统治阶级内部的矛盾，肃宗派兵讨伐永王。㉑成罪徒：安史之乱爆发后，玄宗逃往蜀中，肃宗在灵武（今宁夏境内）即位，尊玄宗为太上皇，并下令永王李璘回蜀中。李璘不从，肃宗即派兵征讨，永王部下顷刻之间作鸟兽散。李璘被杀，李白也被关在浔阳狱中。㉒流放夜郎：李白入浔阳狱后，经御史中丞宋若思等人搭救，才得以出狱，但不久又被流放夜郎。㉓用老儒：乾元二年（759 年）春，因天大旱朝廷发布大赦令，李白在流放途中的白帝城遇赦获释。李白怀着激动的心情，写下了著名的《早发白帝城》。回到江夏后，李白又盼望朝廷能任用他，认为"今圣朝已舍季布，当征贾生"（《江夏送倩公归汉东》）。㉔半途：上元二年（761 年），太尉李光弼出镇临淮，61 岁的李白毅然从军，不幸中途因病返回。㉕临终讴：宝应元年（762 年）冬天，李白病逝于当涂（今属安徽），享年 62 岁。临终写诗"大鹏飞兮振八裔，中天摧兮力不济"（《临终歌》）。

枣①

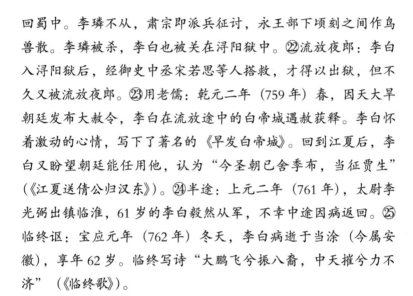

身如黄米②夏开花，绿叶丛中小哪吒③。
秋半娇儿红透脸，长杆接驾④到农家。
养身补血人人爱，最是狗头⑤顶呱呱。

【注释】

①此诗作于 2020 年 6 月。②枣树开花的时候，满树都是像小米一样的黄花。③小哪吒：比喻刚长出来的小枣。④接驾：枣长熟后，农民拿长杆把枣打下来。⑤狗头：指狗头枣，个头大，甜度高，主要产自新疆和陕西。

曹　操①

出生官宦少侠哥，②读书习艺明古学。
机敏精干好权术，少举孝廉③官郎爵。
不避豪强治贪吏，禁断淫祀④惩宦邪。
乱世风云东汉末，群雄混战帝漂泊。⑤
迁都许昌⑥奉帝命，讨伐董卓举义决。
消灭二袁⑦平刘表⑧，官渡之战少胜多。
南征北战中原定，魏王当政帝空阁。
发展经济增国力，屯田举措解粮缺。
恢复文教人心聚，举贤纳谏人才罗。
解救蔡琰回中原⑨，招揽文人邺下⑩歌。
一代枭雄能文武，功业成就自拼搏。
滚滚长江东逝水，是非功过后人说。

【注释】

①此诗作于 2020 年 8 月。②"出生"句：曹操的父亲曹嵩门荫入仕，历任司隶校尉、鸿胪卿、大司农，位列九卿，位高权重。曹操在官宦家庭长大，少年时任侠放荡，好读书习艺。③曹操在东汉灵帝时，举孝廉，为郎，任洛阳北部尉，后因明古学，征拜议郎。镇压黄巾起义时任骑都尉。④淫祀：名目繁多的祭祀。⑤"乱世"二句：东汉末豪杰并起，军阀混战，汉献帝即位后不断被挟持，流离转徙。⑥迁都许昌：汉献帝投奔兖州府曹操处，曹操奉汉献帝命迁都许昌，从此开始"挟天子以令诸侯"。⑦"二袁"：袁术和袁绍兄弟俩。袁术（？—199），

字公路，东汉末汝南汝阳（今河南商水西北）人，出身于四世三公的世家大族，是袁绍异母兄弟。袁绍（？—202），字本初，汉末群雄之一。袁术与袁绍都想称帝，结果都被曹操打败。⑧刘表（142—208），字景升，东汉末年名士、军阀，群雄之一。"刘表自以为宗室，包藏奸心，乍前乍后，以观世事，据有当州。孤复定之。遂平天下"（曹操《让县自明本志令》）。⑨蔡琰：字文姬，东汉末女诗人。蔡邕之女。博学有才辨，通音律。东汉末中原大乱，蔡琰被南匈奴左贤王所掳，曹操统一北方后，花费重金赎回。⑩邺下：邺城的别称，旧址在今河北临漳西南。当时在邺下形成了以曹操、曹丕、曹植父子为首的文人集团。

曹 丕①

生逢战乱长戎旅，效命沙场春与秋。
自是才情博今古，引领建安文坛秀。②
去汉代魏三国立，③尊孔兴儒百业筹。④
高坐殿堂胸襟窄，煮豆燃萁兄弟仇？⑤

【注释】

①此诗作于 2020 年 8 月。曹丕（187—226），字子桓，曹操次子。曹操在世时，任五官中郎将、副丞相，被封为魏太子。曹操死后，嗣位为丞相、魏王。曹丕死后谥曰"文"，史称"魏文帝"。②"自是"二句：邺下文人集团的形成及文学创作的活跃，曹丕起了主要作用。曹丕擅长文学创作，在建安文人中，他的诗、赋、文流传下来的数量仅次于曹植。曹丕的《燕歌行》是现存中国古代最早的完整的七言诗，也是七言诗成熟的标志。③"去汉"句：曹操死后不久曹丕就代汉称帝，国号魏。至此，魏、吴、蜀三国鼎立局势形成。④"尊孔"句：曹丕在称帝前后，一直重视儒家文化，修孔庙，立太学，制定五经课试之法。⑤"煮豆"句：《世说新语·文学第四》记载，"文帝尝令东阿王七步中作诗，不成者行大法。应声便为诗曰：'煮豆持作羹，漉菽以为汁。萁在釜下燃，豆在釜中泣。本是同根生，相煎何太急。'"

曹 植①

翩翩少年侠客郎，走马弯弓雁断肠。

征战报国何惧死，吟诗作赋斗鸡忙。②

萧墙祸起愁无计，七步吟诗煮豆伤。

心志未酬空怅望，文章传世告陈王③。

【注释】

①此诗作于 2020 年 8 月。曹植（192—232），字子建，曹操第四子，曹丕同母弟。曹植既是浪漫多情的才子、身居高位的公子、学识渊博的士人，还是任性放达、散漫自由、享受生活的诗人。②"吟诗"句：曹植一生五次跟随父亲出征，除此之外，他大部分时间生活在邺城，斗鸡走马，游宴赋诗，结交朋友，过的是贵公子的生活。③陈王：曹植最后被封为陈王，死后谥"思"，故世称"陈思王"。

东坡行①

文章诗画见君容，光明磊落苏老翁。

出生四川眉州府，母教②子学少年聪。

博览群书识大义，更兼诗画似神通。

年方十九进士郎③，制科三等入官场。④

密州旱灾贼猖獗，使君上任食少粮。

公堂忙罢挖野菜，以苦为乐治州邦。⑤

寸心本似西岭雪，不畏浮云总遮光。⑥

政见不同请外放，两度杭州⑦为民忙。

治理西湖为民利，清淤挖湖筑堤⑧防。

瘟疫⑨席卷杭州府，使君救民献药方。

救助病人食与药，公立医院"安乐坊"。

乌台诗案⑩投冤狱，出狱黄州居雪堂⑪。

夜游赤壁作二赋，⑫石钟山下石穴响。⑬

自请归田获圣准，宜兴山水疗心伤。⑭

竹西寺壁旧提诗，龙图阁士再遭殃。⑮

画木扭曲向上生，人生何似曾相同。⑯

云卷云舒心自静，浪高浪低船远行。

一路南贬到儋州，关心民瘼与民朋。

儋人养牛食肉烹，不知田地用牛耕。

教会儋人牛耕种，先生酒醉思北城。⑰

儋耳⑱闻君⑲诏回令，暮年㉑浊泪洒归程。

常州病死先生去，吴越之民哭市中。㉑

凄风苦雨生不幸，成就诗文千古荣。

高风亮节后世仰，风萧雨夜一盏灯。㉒

【注释】

①此诗作于 2020 年 11 月。东坡：苏轼（1037—1101），字子瞻，号东坡居士。北宋文学家、书画家。②"母教"：苏轼的母亲程氏是一位知识女性，她不仅教苏轼、苏辙兄弟二人学习文化，而且还教他们做人的道理。③进士郎：苏轼于嘉祐元年（1056 年）考中进士，这一年他 19 岁。④"制科"句：苏轼服母丧期满，于嘉祐五年（1060 年），应制科考，入第三等。嘉祐七年（1062 年），苏轼被授凤翔签判，开始踏上仕途。⑤"密州"四句：熙宁八年（1075 年），苏轼接任密州知州，时密州已大旱三年，粮食歉收，"盗贼满野，狱讼充斥；而斋厨索然，日食杞菊……"（苏轼《超然台记》）。⑥"不畏"句：神宗熙宁四年（1071 年），苏轼官至太常博士。此时，正值王安石变法，苏轼鉴于历史教训，反对激烈的变革，遭到新党的排斥。⑦两度杭州：熙宁四年（1071 年），苏轼任杭州通判。元祐四年（1089 年），苏轼任龙图阁学士知杭州。⑧筑堤：苏轼在杭州任职时，为防洪及灌溉农田，在西湖筑堤，人称"苏堤"。⑨瘟疫：元祐五年（1090 年），杭州暴发瘟疫，苏轼时任杭州知州。面对突如其来的疫情，苏轼组织杭州百姓积极应对，他设立了中国历史上最早的公立医院"安乐坊"，收治因瘟疫得病的人，并把好友巢谷授予他的秘方"圣散子"拿出来救治病人。⑩乌台诗案：公元 1079 年，苏轼因进《湖州谢上表由》，随后又牵连大量苏轼诗文为证，致使被新党中的奸佞小人视为诽谤朝廷、讥刺朝政。苏轼在湖州任上被捕入狱，八月入御史台狱，史称

"乌台诗案"。⑪雪堂：苏轼在黄州的住所。因墙壁上画有雪景图，并且房屋建成之日恰逢漫天大雪，故起名为"雪堂"。⑫"夜游"句：苏轼在黄州时，两次夜游黄州的赤鼻矶，认为赤鼻矶就是赤壁之战的战场，其实赤壁之战故址在今湖北嘉鱼县境内。苏轼在这里写下了著名的《赤壁赋》《后赤壁赋》。⑬"石钟"句：元丰七年（1084 年）六月，苏轼由黄州赴汝州途中，路过鄱阳湖口，为了证实郦道元关于石钟山的记载及唐代李渤击石得石钟山之名的说法，与子苏迈夜游湖口石钟山，探寻其发出钟磬之声的奥秘，即钟磬之声其实是湖水击石穴而发出的声音。苏轼就此写下了著名的《石钟山记》。⑭"自请"二句：元丰八年（1085 年），苏轼自请归耕常州，得到朝廷批准，回到美丽的宜兴（今江苏省宜兴市）疗治身体及心灵的伤痛。⑮"竹西"二句：元丰八年（1085 年）五月一日，苏轼由南都（今河南商丘）回常州宜兴，途经扬州竹西寺时在寺壁题诗三首。谁知"山寺归来闻好语，野花啼鸟亦欣然"（《归宜兴留题竹西寺三首》）一句，多年后竟成为再次贬谪他的罪证。元祐八年（1093 年）九月，高太后去世，哲宗亲政，开始对元祐党人疯狂打击。苏轼在龙图阁学士任上被加以"讥讪"罪名，落职南贬。⑯"画木"二句：苏轼曾画有一幅画，画中是一棵被极度扭曲而始终向上生长的树，这正是苏轼屡遭挫折而始终坚持理想信念的真实写照。⑰"一路"六句：苏轼最初是被贬英州，后一路追贬，先至惠州，再被贬儋州。到儋州后，苏轼看到当地人民生活困苦，就积极帮助他们发展生产，改善人们的生活。与民朋：与民做朋友。北城：指常州苏轼的家。⑱儋耳：今海南儋州。⑲君：指宋徽宗。⑳暮年：苏轼由儋耳回常

州时已经 64 岁，回来不久就去世了。㉑"吴越"句：闻苏轼在常州去世的消息，"吴越之民相与哭于市"。吴越，指今江苏浙江一带。㉒"凄风"四句：意谓苏轼虽人生不幸，但是，他的人品、学识、艺术成就受到后世的敬仰，他就像风萧雨夜的一盏灯，温暖着逆境中的人们。

酒　歌①

秦时蜀中江阳②酒，山人酿制才出缶。
一缕浓香绕梁出，神仙闻香下凡走。
元朝郭玉作酒师，半生心血甘露釉。③
明朝舒君④创窖藏，四百年来存甘露。
千年酒韵代代传，岁月酿制更醇厚。
自古诗人爱酒筹，推杯换盏诗百首。
永和修禊⑤群贤聚，曲水流觞⑥《兰亭序》。
李白不惜千金裘，呼儿换酒解愁苦。
古人今人不离酒，喜怒哀乐酒里有。
今唱酒歌劝诸君，诗酒文化要坚守。

【注释】

①此诗作于 2021 年 1 月。②江阳：秦朝时泸州称江阳。③"元朝"二句：元朝时江阳有一个叫郭玉的人，用五十年时间创制了甘露釉。④舒君：舒承宗，明朝万历年间（1573—

1619）人。舒承宗在泸州南城营沟头修了一处酒窖，将酒母、糟药藏入其中。⑤修禊：是古人在上巳节的时候去河边沐浴，用兰草洗身，柳枝沾花瓣水点头身的仪式。⑥曲水流觞：上巳节人们洗浴后，坐在河边把食物或酒杯放到荷叶上，让荷叶随流水漂浮，荷叶漂到谁的跟前，谁就可以取食、饮酒。这里是指魏晋名流在曲水边的一次雅集。

追寻逝去的岁月（组诗）

（一）知识青年上山下乡①

青春岁月一首歌，难忘怀那时的我。
插队②农村十七岁，红柳园③里学春播。
人称我们铁姑娘④，开荒种地在沙窝⑤。
赶上驴车去送肥，浇水锄草干农活。
麦草烧饭头一遭，浓烟刺鼻泪水多。
面条下锅熟成粥，和泪吞吃羞低头。
盛夏烈日当头照，挥汗割麦比谁牛。
一天割麦过半亩，镰刀割手伤痕留。
棉布衣裤不耐穿，夜晚补衣风飕飕。
冬春沙暴黄云滚⑥，沙埋青苗姑娘愁。
五月里来枣花放，姑娘沙丘练匍匐。
红柳摇曳沙丘上，风吹雨打枝叶稠。
英姿飒爽铁姑娘，战天斗地也风流。
三年插队练意志，一生常记一称呼⑦。
四十六年一往事，今日歌来思悠悠。

【注释】

①此诗作于 2021 年 2 月。知识青年上山下乡：20 世纪 50 年代至 70 年代后期，大量城市知识青年响应国家号召，奔赴农村参加劳动，被称为"知识青年上山下乡"。②插队：安插到农村生产队。③红柳园：甘肃民勤县红柳园公社。④铁姑娘：

1972 年，民勤县红柳园公社团结大队组建"铁姑娘"队。"铁姑娘"们在沙漠里压沙植树，开荒 480 多亩，种植小麦、瓜果、蔬菜等，成为当时民勤县的先进典型。1975 年 5 月，我作为知青加入铁姑娘队。⑤沙窝：沙漠腹地。⑥黄云滚：沙尘暴到来前，天边像有一道黄云滚滚而来。⑦一称呼：指铁姑娘的称呼。

（二）到迭部林业局工作①

三月桃花坡上艳，松柏如云山连山。

阿夏林场修公路，原始森林少人烟。

走进深山怕野兽，抬头望见一线天。

时晴时雨天随变，云烟蒸腾衣不干。

铁锹镐头不离手，双手老茧似铜钱。

住地相距工地远，馒头溪水是午餐。②

夏季多雨蹚泥水，冬日雪飘冷不眠。③

夜晚帐篷油灯亮，家书未成泪涟涟。

门外漆黑山鸟叫，窗前小河日夜喧。

昨夜藏寨看电影，五里山路月正圆。

英雄故事心感动，寂静夜空歌声传。

苦乐年华心有梦，灯下夜读思前贤。

青春无悔曾来过，国家建设添块砖。

悠悠岁月一条河，老来回忆苦也甜。

【注释】

①此诗作于 2021 年 2 月。迭部林业局：在甘肃迭部县。

1977年我在这里工作。②"馒头"句：午饭吃自带的馒头，喝小溪水，当时并未觉得有多苦，反而吃得很香甜。③"冬日"句：冬天我们住的是木板房，四处漏风，生的火到了晚上会熄灭，我们睡觉都穿着棉衣戴着帽子，即使这样还是觉得寒冷。

（三）回城后的工作和学习①

改革开放春风拂，回城工作乐心头。

"文革"十年荒学业，夜校补课忙如毂②。

先生③授课我听课，回家作业先生督。

工作学习两不误，如饥似渴把书读。

两年夜校学业进，成人高考梦相逐。

电大学习又两年，孜孜不倦苦作舟。

政府④招考公务员，考入机关做公仆。

十年岁月匆匆过，组织调遣穿警服。

牢记使命为人民，努力工作守心初。

春去秋来又十年，风霜雪雨爱松竹。

彩霞满天夕阳好，退休回家读诗书。

【注释】

①此诗作于2021年2月。②如毂：像车辐辘一样不停地转动。③先生：我的丈夫，他是一名中学教师。④政府：这里指兰州市政府下属机关。

（四）穿警服^①

如愿当警察，心里乐开花。

对镜理警容，勃勃英姿发。

国徽头上戴，忠党报国家。

警号胸前挂，职责双肩压。

操场哨声响，整队练步伐。

行走要威武，坐立要挺拔。

擒拿格斗拳，制暴须会它。^②

学练"八段锦"，强身马步扎。^③

管理准军事^④，理论学习抓。

多年党教育，不忘为了啥。

执法为人民，挽救迷途他^⑤。

大年三十夜，值班风雪加。

所报^⑥写文章，思绪若云霞。

人生近半百，理想发新芽。

【注释】

①此诗作于 2021 年 2 月。穿警服：2004 年 2 月 25 日，我被司法部授予三级警督警衔，正式成为一名人民警察。②"擒拿"二句：擒拿格斗拳是警察必练的科目，在遇到危险时既可以保护人民群众，也可以保护自己。③"学练"二句："八段锦"是一种健身气功。马步扎，即扎马步，是"八段锦"的基本动作。④准军事：戒毒所实行准军事化管理。⑤迷途他：正在戒毒的人。⑥所报：指面向干警及戒毒人员的内部刊物。

杜甫行①

郡望杜陵祖襄阳②，诗书门第墨梅③香。
远祖杜预④晋名将，祖父⑤诗名盛初唐。
外祖父母皇家戚⑥，父任县令⑦母早亡。
幼年丧母二姑养，七岁能诗咏凤凰⑧。
十五岐王家中客，宴酬吟诗会侯王。⑨
李邕奇才求识面，王翰卜邻爱诗郎。⑩
二十漫游去吴越，江南诗画烟雨苍。
二十四岁考进士，落第省亲游齐桑。⑪
三十二岁遇李白，洛阳相见游宋梁。⑫
醉眠共被行携手，放荡齐赵颇清狂。⑬
三十五岁应诏试，士子落选梦一场。⑭
奔走权贵赠干谒，暮随肥马尘土扬。⑮
三大盛典献礼赋，率府东宫武官当。⑯
奉先省亲寒夜路，骊山歌舞响天闾。⑰
朱门酒肉冻死骨，十年⑱长安泪沾裳。
安史之乱落贼寇，心牵战事一夜霜⑲。
含悲作诗记陈陶⑳，对雪书空怜鬼殇。㉑
逃脱贼缚奔灵武，新君授官㉒泪两行。
疏救房琯新君怒㉓，被贬华州心凄凉。
三吏三别㉔痛心肺，民不聊生遭战殃。
不久辞官秦州去，缺衣少食路奔忙。
闻得同谷㉕有薯蓣㉖，谁知到此饿断肠。
再向南去成都府，浣花溪畔搭草堂。

草堂安身亲友助，五年光阴生计常。
赏花吟诗愁春鸟，与妻对棋药栏㉗旁。
恩人病死生无计，长江泛舟向东方。㉘
辗转舟次白帝城，夔州两年诗百章㉙。
强撑病体再起程，东去洞庭㉚水苍茫。
漂泊流浪故乡望，至死不忘为国伤。㉛
大雪湘江舟中客，贫病交加死他乡。㉜
五十九年人生路，百卷诗文写苍黄。㉝

【注释】

①此诗作于 2021 年 3 月。杜甫（712—770），字子美，自称少陵野老，世称"杜少陵"。②杜陵：在长安城南。祖襄阳：指祖籍襄阳。这句话是说杜甫家族是杜陵的名门望族，杜甫的祖籍在襄阳（今湖北襄阳）。③墨梅：元代王冕诗"我家洗砚池头树，朵朵花开淡墨痕"（《墨梅》）。④杜预：是杜甫的十三世祖，晋代名将。⑤祖父：杜甫的祖父杜审言，是初唐著名诗人，官至修文馆直学士。⑥皇家戚：杜甫外祖母是唐太宗李世民的曾孙。⑦父任县令：杜甫的父亲杜闲曾任兖州（今属山东）司马、奉天（今陕西乾县）县令。⑧"七岁"句：杜甫诗"七龄思即壮，开口咏凤凰"（《壮游》）。⑨"十五"二句：意谓杜甫十五岁时就曾在岐王（唐玄宗之弟李范）府中吟诗酬唱。⑩"李邕"二句：杜甫《奉赠韦左丞丈二十二韵》有"李邕求识面，王翰愿卜邻"之句。李邕，唐代文豪，著名书法家。杜甫少年在洛阳时，李邕爱其才，曾主动去结交他。王翰，唐代著名诗人。⑪"二十四岁"二句：杜甫 24 岁去考进士，结果落

第。之后他去兖州省亲，他父亲时任兖州司马。杜甫在省亲期间游览了齐赵的大好山河。⑫"三十二岁"二句：天宝三载（744 年）四月，杜甫在洛阳与被唐玄宗赐金放还的李白相遇，两人相见恨晚，一起相约同游梁宋（今河南开封、商丘一带）。这一年杜甫 32 岁。⑬"醉眠"二句：杜甫与李白纵情游览了梁、宋、齐、赵，并结下了深厚的友谊。杜甫诗"醉眠秋共被，携手日同行"（《与李十二白同寻范十隐居》）。⑭"三十五岁"二句：天宝六载（747 年），玄宗诏天下"通一艺者"到长安应试，杜甫也参加了这次考试。结果权相李林甫称"野无遗贤"，使参加考试的全部士子落选。这一年杜甫 35 岁。⑮"奔走"二句：为实现自己的政治理想，在科举之路走不通的情况下，杜甫只能奔走权贵之门，希望权贵能举荐自己，可谓"朝扣富儿门，暮随肥马尘"（杜甫《奉赠韦左丞丈二十二韵》）。⑯"三大"二句：天宝十载（751 年）正月，玄宗举行祭祀太清宫、太庙和天地的三大盛典，杜甫提前预献"三大礼赋"，得到玄宗的赏识，命待制集贤院，等待授官。四年后，才得授一个河西尉的小官，杜甫不愿意任此"凄凉为折腰"的官职，后改任右卫率府兵曹参军。右卫率府兵曹参军的职责是掌管东宫武官考课、簿籍及仪卫之事。这一年杜甫 44 岁。⑰"奉先"二句：杜甫被授官后，请假回奉先家中探亲，当他夜晚路过骊山时，听到山上歌舞欢畅，不禁悲从心来，写下了"朱门酒肉臭，路有冻死骨"（《自京赴奉先县咏怀五百字》）的著名诗句。⑱十年：天宝五载（746 年）春，杜甫到长安，至天宝十四载（755 年），已然十年。⑲一夜霜：天宝十四载（755 年），安史之乱爆发，次年六月，潼关失守，唐玄宗逃往成都。七月，太子李亨即位于灵武，是为肃宗。听到肃宗即位的消息，杜甫只身北上，投奔灵武，途中不幸被叛军俘虏，押至长安。在陷贼的八个月时间里，他时刻关注战场形势，思念家人，一夜白了头。⑳杜甫陷贼长安期间，写了《悲陈陶》《悲青坂》等诗，反映了官军在与叛军作战中伤亡惨重以及人民遭受战祸的史实。㉑"对雪"句：至德元载（756年）冬，房琯率唐军在陈陶斜、青坂与安禄山叛军开战，大败，长安失陷，杜甫感慨时事作诗"数州消息断，愁坐正书空"（《对雪》）。书空：《世说新语·黜免》篇载，殷浩被废后，终日向空中写字，作"咄咄怪事"四字。㉒杜甫寻找机会逃脱后，去凤翔投奔肃宗，被授官左拾遗。㉓"疏救"句：肃宗要治房琯的罪，杜甫进谏力救，肃宗很生气，下诏着三司推问。幸得宰相张镐相救，杜甫得以免罪。自此以后，肃宗渐渐冷落杜甫，后贬杜甫为华州（今华县）司功参军。㉔三吏三别：杜甫自洛阳返回华州的路上，目睹了战乱给百姓带来无穷的灾难和百姓忍辱负重参军参战的爱国行为，遂写下了著名的"三吏"和"三别"。㉕同谷：今甘肃成县。㉖薯蓣：山药。㉗药栏：杜甫因妻子身体不好经常要吃药，所以自己在家种植药材。㉘"恩人"二句：杜甫在成都一直得到时任成都尹兼剑南节度使严武的资助。永泰元年（765年）四月，严武病逝，杜甫失去了生活依靠，于五月离开成都乘舟南下，次年暮春迁居夔州（今四川奉节）。㉙百章：杜甫在夔州白帝城西阁住了两年，在这里写下了四百多首诗。㉚东去洞庭：杜甫身体有病，不得已再次漂泊。大历三年（768年）正月，杜甫携家出三峡，到岳阳，之后又南下洞庭湖。㉛"漂泊"二句：杜甫不管在何种艰难困苦的情况下，都始终抱有一颗爱国之心。他时刻思念着故乡、思念着亲人，为国家遭受

苦难而感到忧伤。㉜"大雪"二句：大历五年（770年）冬，天降大雪，杜甫贫病交加，死在湘江舟中。㉝杜甫去世时享年59岁，他的一生仕途坎坷、遭遇战乱，过着漂泊流离的苦困生活。他用诗记录了唐王朝由盛变衰的历史过程。百卷：指杜甫创作诗歌颇丰。苍黄：这里指社会变迁。

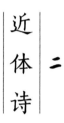

荷叶集

近体诗

二

柳叶吟①

三月春风柳叶青，千丝万缕总关情。
两只家燕②枝头唱，几树桃花陌上听。
飘絮弥空扑眼乱，落花时雨恨飘零③。
秋来燕子南飞去，冬雪纷纷白发生。

【注释】

①此诗作于 2006 年 3 月。②家燕：是燕子的一种，也是我们常见的燕子。③飘零：被雨打落的残花随水漂流。

诺日朗瀑布①

珍珠滩②上珍珠散，滚落石崖生紫烟。
万马奔腾声彻谷，当空银练日光寒。

【注释】

①此诗作于 2007 年 5 月。诺日朗瀑布：在四川九寨沟景区。②珍珠滩：九寨沟景点名称，在诺日朗瀑布的上方。

思　念①

窗外雪飘枯树静②，孤人病榻恨别离。

儿音万里随风至，母泪千行伴雪飞。

【注释】

　　①此诗作于 2011 年 1 月。②枯树：这里指冬天挂有枯叶的树。静：本来树上有喜鹊巢，不知何时喜鹊飞走了，再也听不到它的叫声了。

赠四弟①

人生短暂烟云渡②，莫把时光做酒筹③。

昨日斯人忽远去，空留伤痛在心头。④

【注释】

　　①此诗作于 2011 年 9 月。②烟云渡：意谓人生短暂，就像天空中的云一样很快会飘浮过去。③酒筹：又名酒算、酒枚，是中国古代酒宴上用以记数和行令的筹子，通常用竹子制作而成。饮酒过一轮谓之一巡，用筹子记巡数称之酒筹。这里是劝四弟不要在酒醉中沉沦，要珍惜美好的时光。④"斯人"二句：劝慰四弟失去的终将失去，不要把伤痛留在心里。

重阳节登云顶山①

袅袅云烟山色青，林中黄绿斗红橙。
微风落叶农家静，小寺敲鱼居士②诚。
百草霜杀菊吐艳，丛林日照叶流萤。
登高远眺群山黛，似有苍鹰天际平。③

【注释】

①此诗作于 2012 年 10 月。云顶山：在兰州市七里河区南部阿干镇林场，距兰州市区大约 20 公里。②居士：这里指皈依佛门而平时在家修行的佛教徒，他们通常在农历初一和十五去寺院拜佛。③天际平：目之所及，苍鹰飞得与天一样高。

春游官鹅沟①

平湖云影鹅相伴，翠谷危崖②百丈悬。
飞瀑喧嚣纷落雨，苍松清静意悠然。
雪山③遥望千峰碧，溪水奔腾万壑烟。
黄鸟殷勤前探看，林中鸣叫客登攀。

【注释】

①此诗作于 2017 年 5 月。官鹅沟在甘肃省宕昌县境内。传说，古宕昌国时，官鹅沟专门饲养御用贡品鹅，故称官鹅沟。②危崖：山峰陡峭高耸。③雪山：官鹅沟尽头有岷山山脉，像巨人一样站在那里看着千峰碧树、万壑云烟。

黄河石①

身躯如铁刻年轮②，流落黄河几度春。
浊浪翻腾云水怒，泥沙淘尽现真尊。
闲人偶遇心生爱，过客相逢泪满襟。
欲诉平生千万苦，感恩天地有知音。

【注释】

①此诗作于 2017 年 9 月。②刻年轮：一块形似山峰一样的黄河石，一圈圈白色纹路绕着黑色的石身，像年轮一样。

闲　情①

闲云忽远去，碧树送飞花②。
慵坐阳台暮，莺歌落日霞。

【注释】

①此诗作于 2018 年 3 月，时作者在东莞。②飞花：木莲花落下来飞到阳台上。

游四川广元皇泽寺①

嘉陵澄碧映花羞，武媚出生在利州②。
皇寺楼台说往事，清江烟雨看春秋。
平生功过谁人诉，无字碑前费计谋。
本是高宗娇宠后，但凭才智立国周③。

【注释】

①此诗作于 2018 年 9 月。皇泽寺：在四川省广元市，是武则天的祀庙。②传说武则天的母亲在嘉陵江的船上受孕，后生下武则天。③国周：690 年，武则天称帝，改国号为"周"，定都洛阳，建立武周。

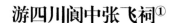

游四川阆中张飞祠①

英雄霸气千秋颂，阆水呜咽古庙坟②。
兵器③无言听号角④，桓侯⑤有兴写诗文⑥。
战功多建敌营震，守土⑦有方百姓尊。
义胆忠肝匡汉室，遭人暗算玉石焚⑧。

【注释】

①此诗作于 2018 年 9 月。张飞祠：在四川省阆中市古城。②古庙坟：张飞祠内有张飞的坟墓。③兵器：张飞使用过的槊矛。④听号角：槊矛似乎还在等待张飞拿起它上战场。⑤桓侯：张飞死后被追封为桓侯。⑥写诗文：真实历史中的张飞能文能武，张飞祠中还留有他写的诗。⑦守土：张飞在阆中治理有方，百姓安居乐业，受到时人的尊敬。⑧玉石焚：张飞被其部将范疆、张达杀害。

重阳节登白塔山①

重阳城北登高处，山野苍茫无尽头。
霞落丛林遗画卷，菊开野路傲霜秋。
亭阁依柳②廊桥③秀，台榭临河鼓乐悠。
盛世放歌须尽兴，平分暮色大河流。④

【注释】

①此诗作于 2018 年 10 月。白塔山：在兰州市中山桥北侧白塔山公园景区内，因山上有一座白塔而得名。该塔始建于元代，重建于明景泰年间（1450—1456）。②亭阁依柳：倒装句，即柳依亭阁。③廊桥：指长廊。④"平分"句：意谓黄河穿城而过。

港珠澳大桥建成通车①

伶仃洋上起钢龙，②遥看蜿蜒缥缈中。
大海潮来鸥燕舞，长桥浪去港珠通③。
弯弯海岸连珠玉，森森烟波映海灯④。
世界当惊华夏梦，中国崛起势恢宏。

【注释】

①此诗作于 2018 年 10 月 24 日，这一天港珠澳大桥建成通车。②伶仃洋：亦称零丁洋，在广东省珠江口外。钢龙：比喻港珠澳大桥。③港珠通：港珠澳大桥把香港、珠海、澳门三地连在一起。④映海灯：夜晚看港珠澳大桥，就像一条浮在海面上的灯河。从海上看岸边更是灯光璀璨，霓虹灯闪烁在海面上，美轮美奂。

气功太极拳①

行云流水气息盈，②沉静推拿力隐形。
弓步单鞭③扎脚稳，丹田福地热风萦④。
左蹬高立⑤如嘶马，右挡低穿⑥似燕轻。
冬练驱寒增意志，夏习消暑自安宁。

【注释】

①此诗作于 2018 年 11 月。太极拳：中国古代流传下来的一种内外兼修、柔和轻灵、刚柔相济的健身拳术。②行云流水：太极拳动作舒缓，像行云流水一般。气息盈：用腹部呼气和吸气，气沉丹田。③弓步单鞭：弓步是太极拳的基本动作，单鞭是太极拳的标志动作。④热风萦：当功练到一定程度时会感到有热气在下腹部萦绕。⑤左蹬高立：太极拳的动作"高探马"。⑥右挡低穿：太极拳的动作"左下式"。

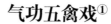

气功五禽戏①

小鹿撑腰②蹲下势，长猿③左右看分明。
莺飞树上④轻轻落，熊晃⑤河边暗暗惊。
虎爪猛扑⑥抓猎物，羚蹄狂遁⑦入林冥⑧。
古人模仿编禽戏，健体强身赶早行。

【注释】

①此诗作于 2018 年 11 月。五禽戏：中国古代流传下来的一种健身功法。②小鹿撑腰：五禽戏动作"鹿奔"。③长猿：长臂猿。五禽戏动作"猿提"。④莺飞树上：五禽戏动作"鸟飞"。⑤熊晃：五禽戏动作"熊晃"。⑥虎爪猛扑：五禽戏动作"虎扑"。⑦羚蹄狂遁：人长期练五禽戏会使身体变得像羚羊一样轻盈。⑧林冥：树林的深处。

登阆中滕王阁①

万丈丹梯上翠岌②，红阁高耸玉栏砌。
唐皇一脉封臣地，宫室千年化土泥。③
阆水阆山青玉帐，城南城北彩罗衣。
白墙黛瓦斜阳暮，古巷华灯初上时。

【注释】

①此诗作于 2019 年 4 月。阆中滕王阁是唐高祖李渊之子李元婴所修。李元婴曾在山东滕州封王，故称滕王。②翠岌：绿色的山峰。③"唐皇"二句：李元婴是李渊第二十二子，是唐太宗李世民之弟。龙朔二年（662 年），李元婴迁任隆州（今四川省阆中市）刺史，他在隆州大兴土木，修建宫室及亭台楼阁。古迹已毁，现在的滕王阁是在 20 世纪 80 年代重新修建的。

游四川峨眉山①

仰望峨眉浓雾漫，青峦欲雨水潺潺。

佛家修法高山住，俗客寻幽深谷攀。

雪浪②翻腾峰壁下，金佛③闪耀海云巅。

恍惚似梦追仙去，却恋人间三月天。

【注释】

①此诗作于 2019 年 4 月。②雪浪：从峨眉山金顶往下看，白云如海浪一样在峭壁下翻腾。③金佛：峨眉山金顶有金佛。

游四川眉州三苏祠①

庭院深深曲径幽，几丛竹翠绿荫投。
欲说家事庭阁记，更著文章天地留。
千古文豪出蜀地，一门词客②耀神州。
芬芳桂树迎来客，木假山石③忆主游。

【注释】

①此诗作于 2019 年 4 月。三苏祠：在四川眉山市东坡区毂行南段，是北宋文学家苏洵、苏轼及苏辙父子三人的祠堂。②一门词客：苏轼父子三人其文学成就在当时享誉朝野，后世千年流传。苏洵擅作文，苏辙擅作诗，苏轼文、诗、词、画皆擅长。③木假山石：木假山是树木漂没于江河之中，经过长时间的流水冲击、沙石磨砺，在自然力的作用下形成的工艺品。大约在宋仁宗嘉祐三年（1058 年），一个偶然的机会，苏洵用貂裘从一溪叟处换得此木石三峰，置于堂前，时时玩赏，并作《木假山记》。当时的木假山石已遗失，现存的是后人补置的。

武阳县君①

出生官宦嫁苏洵，②生计艰难不怨贫。

教子读书传道义，相夫③上进挣功荫。

千丝万缕织机爱，百陌一纹④血汗拼。

父子名成身耗尽，⑤册封程氏武阳君⑥。

【注释】

①此诗作于 2019 年 5 月。武阳县君：苏轼的母亲程氏，武阳县君是皇帝给程氏的封号。②"出生"句：程氏（1010—1057），出身名门，自幼熟读诗书，深知礼仪，是眉山大理寺丞文应之女，家境富裕。③"相夫"句：苏洵年二十七犹不学，一日慨然谓夫人曰："吾自视，今犹可学。然家待我而生，学且废生，奈何？"夫人曰："我欲言之久矣，恶使子为我而学者，子苟有志，以生累我也。"即卖嫁妆为资本，开始做丝绸生意，不数年遂为富家。苏洵因此专心学习，终为大儒。④百陌一纹：陌、纹是北宋钱币的单位，一百纹等于一陌。此处意谓苏轼的母亲为苏轼父子筹措去京城的费用。⑤"父子"句：嘉祐二年（1057 年），苏轼、苏辙双双进士及第。苏洵在京城将自己所著的《几策》《衡论》《祝书》献给欧阳修，欧阳修读后大为赞赏，将苏洵的文章呈献朝廷，并上《荐布衣苏洵状》，朝中大夫争相传诵苏洵的文章。可是不久，程夫人不幸病故，苏洵与二子匆匆返蜀守制。⑥武阳君：武阳县君的简称。

成都杜甫草堂①

丧乱②长安离故土，流徙蜀地浣花溪③。
草堂城外④田园美，溪水⑤门前莺鸟啼。
稚子敲针穿钓饵，老妻拿纸画盘棋。⑥
疏栏种药身多病，幽径飘花客再期⑦。
官府忽传收蓟北⑧，剑南⑨游子泪沾衣。

【注释】
①此诗作于 2019 年 5 月。杜甫草堂在成都市青羊区浣花溪畔。②丧乱：指安史之乱。③蜀地：指成都。浣花溪：锦江支流。④草堂城外：位于成都西城外。⑤溪水：指浣花溪。⑥"稚子"二句：化用杜甫诗"老妻画纸为棋局，稚子敲针作钓钩"（《江村》）。⑦客再期：期待客人再来。杜甫在成都生活期间，经济拮据，多靠亲友资助。⑧蓟北：即指幽州，是安史之乱的发源地，为叛军老巢。⑨剑南：梓州在剑门关以南。时杜甫暂居住在此。

沙尘暴过兰州①

窗外风吹惊夜梦，今晨沙暴过金城。②
南山③北水隔烟雾，东巷西街漫土风。
路上④行人急掩面，河边飞鸟顿失声。
昏天暗地思纷乱，⑤大漠何时草木生？⑥

【注释】

①此诗作于 2019 年 5 月。②金城：兰州古时称金城郡。③"南山"二句：沙尘来袭早晨看不见南山与黄河，整个城市空气中都弥漫着土腥味。④"路上"二句：因沙土弥漫人们都戴上了口罩，在河边听不到鸟儿的鸣叫声了。⑤"昏天"句：沙尘暴每年春季都会来袭，看似平常又不平常。平常是因为沙尘暴已存在几千年了，不平常是因为它发生的频率越来越高了，而且，它对我们的生活和生产造成的危害和影响越来越大了。我们只有在沙暴发生的源头大面积植树种草，才能从根本上治理沙尘暴。⑥大漠：指新疆塔克拉玛干沙漠。

刘禹锡①

意气风发仕帝门，风云突变贬荒尘。②
桃花两咏③谪南路，柳絮④纷飞望北岑。
西塞山⑤前说往事，乌衣巷⑥口看浮沉。
砥石⑦磨砺刀锋锐，刻画翔鸢⑧入木深。

【注释】

①此诗作于2019年6月。刘禹锡（772—842），字梦得，中唐时期的著名诗人。晚年与白居易唱和甚多，并称"刘白"。②"意气"二句：贞元二十一年（805年）正月，德宗去世，顺宗继位。顺宗任用王叔文、王伾等人改革弊政，史称"永贞革新"。时任屯田员外郎、判度支盐铁案的刘禹锡参与其事，并成为永贞革新的核心人物。但革新遭到宦官、藩镇的联合反击，很快就惨遭失败，顺宗被迫禅位。宪宗继位后，王叔文被赐死，参与革新者纷纷被赶出朝廷，贬为州司马。刘禹锡初贬为连州（今广东连州市）刺史，行至江陵，再贬朗州（今湖南常德）司马。③桃花两咏：永贞革新失败后，参与改革的刘禹锡等人被贬。十年后，刘禹锡与柳宗元等人奉诏回京在游玄都观的时候，刘禹锡咏诗"紫陌红尘拂面来，无人不道看花回。玄都观里桃千树，尽是刘郎去后栽"（《元和十年自朗州承召至京戏赠看花诸君子》）。这首诗被认为是讥讽朝廷，得罪了执政者，导致刘禹锡被贬为连州刺史。长庆元年（821年）冬，刘禹锡又转任夔州（今重庆奉节县）刺史，后又改任和州（今安徽和县）刺史。

唐敬宗宝历二年（826年），刘禹锡从和州奉诏回洛阳。大和元年（827年），刘禹锡任东都尚书省。第二年，返回长安任主客郎中，重游玄都观，刘禹锡写诗"百亩中庭半是苔，桃花净尽菜花开。种桃道士归何处，前度刘郎今又来"（《再游玄都观绝句并序》），表现了他不屈不挠的性格和对二十余年谪贬生涯的怨愤。④"柳絮"句：意谓被谪贬的"八司马"像柳絮一样飘散各地，他们只能望着北面的山峰，思念长安。⑤西塞山：刘禹锡诗《西塞山怀古》"人世几回伤往事，山形依旧枕寒流"。西塞山在今湖北省黄石市，又名道士洑。⑥"乌衣巷"句：刘禹锡诗《乌衣巷》"旧时王谢堂前燕，飞入寻常百姓家"。乌衣巷，在今南京市夫子庙。东吴时这里曾是禁卫军驻地，由于军士悉穿乌衣，故称乌衣巷。⑦砥石：刘禹锡作文《砥石赋》。⑧刻画翔鸢：刘禹锡作诗《飞鸢操》，讽刺那些见风使舵、贪图小利的人。

李商隐①

山雨忽来甘露变，千门流血众人缄。②
书生何惧江湖恶？笔墨犹伐③鬼魅奸。
只道玉谿诗爱艳，④谁知才子梦成难。
巴山⑤夜雨秋池满，不忍君离⑥泪水涟。

【注释】

①此诗作于 2019 年 7 月。李商隐（约 813—约 858），字义山，号玉谿生，晚唐著名诗人。②"山雨"二句：唐大和九年（835 年），27 岁的唐文宗不甘为宦官所控制，与李训、郑注策划诛杀宦官，以夺回皇帝丧失的权力。十一月二十一日，唐文宗以观露为名，欲将宦官头目仇士良骗至禁卫军的后院斩杀，谁知被仇士良发觉，双方展开激烈战斗，结果参与这件事的李训、王涯、贾铼等朝廷官员被宦官杀死，家人也被抄斩。在这次事件中受株连被杀的有一千多人，史称"甘露之变"。③笔墨犹伐：李商隐当时在令狐楚幕府，听说这件事后，义愤填膺，遂写下了《有感二首》《重有感》等诗。他认为朝廷在这件事上计划不周，才导致宦官的反扑。他憎恨宦官势力杀害那么多无辜的人。这在当时是需要有极大的勇气才敢做的事。④"只道"句：李商隐的诗中有一部分男女情爱的诗，据此，有人认为他是一位拈花惹草的风流才子，其实不然。在中晚唐时代，李商隐是一位生活作风比较严谨的人。李商隐写男女情爱诗，其实是想表达他怀才不遇的情感。玉谿，即玉谿生，李商隐的

号。⑤巴山：化用李商隐诗"君问归期未有期，巴山夜雨涨秋池"（《夜雨寄北》）。⑥不忍君离：李商隐一生未实现自己的政治抱负，只在幕府做小官吏维持生活。他在贫病交加中去世，去世时年仅 45 岁。人们为他惋惜和流泪，他的朋友崔珏《哭李商隐》诗"虚负凌云万丈才，一生襟抱未曾开"。

登兰山有感①

夜雨潇潇晨雾浓，青岚②袅袅隐峥嵘③。
欲攀云路④须晴日，更上台阁⑤望远空。
大地苍茫藏虎豹，长河⑥浩荡卧鱼龙。
人生莫道桑榆晚，尚有云霞天际红。

【注释】

　①此诗作于 2019 年 7 月。兰山：皋兰山，在兰州市南部。②青岚：雾气。③峥嵘：形容山势高峻，这里指皋兰山。④云路：因有雾，上皋兰山的路就像在云中。⑤台阁：指皋兰山三台阁。⑥长河：指黄河。

黄　山①

横空出世刺苍穹，欲上天庭拜帝宫②。
羞愧嵯峨何所赠，青松不老海云中。

【注释】

①此诗作于2019年8月。黄山：在安徽黄山市。②帝宫：
玉皇大帝之宫。

武陵源①

千姿百态武陵峰，似有仙人谈笑声。
不见桃源②心怅惘，群山碧色雾蒙蒙。

【注释】

①此诗作于2019年8月。武陵源在湖南省西北部。②桃
源：陶渊明《桃花源记》中的桃源。

夏游青海湖①

远望碧蓝天逊色，烟波浩渺对山阿②。
黄花③似锦蜂蝶恋，绿草如茵牛马歇。
云卷云舒鱼自乐，春来春去鸟相约。
明珠璀璨高原上，疑是龙王消夏泽。

【注释】

①此诗作于 2019 年 8 月。②山阿：山的旁边。青海湖北依祁连山脉。③黄花：油菜花。青海湖边种有大片的油菜花，与蓝色的湖水相映衬，美不胜收。

西海·永远的记忆①

野草青青花点点，云中西海②梦相连。
寒山③环抱隔尘世，湟水④蜿蜒过草滩⑤。
隐姓⑥埋名十数载，惊天动地霎时间。
蘑菇⑦腾起心如愿，忽报人间虎豹潜。⑧

【注释】

①此诗作于 2019 年 8 月。西海：即西海镇，在青海省海晏县，20 世纪 60 年代，这里是中国研制原子弹的基地。②云中西海：西海在青藏高原上，就像在云中一样。③寒山：指祁连山脉。④湟水：指发源于青海海晏县境内的包呼图山的湟水河。⑤草滩：指西海的金银滩。⑥隐姓：因原子弹研制是高度机密的事，所以，参与这项工作的人员都隐姓埋名。⑦蘑菇：蘑菇云，是原子弹爆炸腾起的烟雾。⑧虎豹：比喻英雄。

青海门源油菜花开①

七月高原入画坊，门源②川③里菜花黄。

谁嗔造化春来晚，只怨天工④冬睡长。

雪山⑤云中频探望，金蜂花上乱奔忙。

引来游客吟诗唱，醉卧他乡忘故乡。

【注释】

　　①此诗作于 2019 年 8 月。②门源：青海省门源县，在青海省东北部。③川：本指河流，这里指河流经过的河谷地带。④天工：指天上掌管人间事务的神仙。⑤雪山：在门源可看到高耸的祁连雪山。

韩　愈①

一代文豪气②不凡，辇金③求字慕君篇。

古文承继④官书变⑤，师道开坛⑥庶宦谈。

四贬⑦朝臣言获罪，两迁⑧州县政得贤。

制阃平叛⑨清藩镇，忠勇为臣犯上颜。⑩

【注释】

①此诗作于 2019 年 8 月。韩愈（768—824），字退之，河阳（今河南孟州南）人，是中唐著名的哲学家、文学家。②气：韩愈"气，水也；言，浮物也。水大而物之浮者大小毕浮，气之与言犹是也；气盛则言之短长与声之高下者皆宜"（《答李翊书》）。③辇金：刘禹锡《祭韩吏部文》"三十余年，声名塞天。公鼎侯碑，志隧表阡，一字之价，辇金如山"。④古文承继：指以韩愈为首，元稹、刘禹锡、白居易等文人参与的将三代两汉古文作为官方规范用文的古文运动。⑤官书变：唐朝的官方文书当时采用骈文，韩愈、元稹、白居易等带头使用古文。⑥师道：韩愈《师说》"师者，所以传道、授业、解惑也"。开坛：开设讲坛，韩愈招收学生亲自授课。⑦四贬：贞元十九年（803年），韩愈因上疏《论天旱人饥状》，由监察御史贬为阳山（今广东阳江）县令；元和六年（811年），为柳涧辩说，由尚书职方员外郎贬为国子博士；元和十一年（816年），因主战，给朝廷上《论淮西事宜状》，与当权者意不合，由中书舍人贬为太子右庶子；元和十四年（819年），因反对将佛骨迎入皇宫，由刑部侍郎贬为潮州（今广东潮州）刺史。⑧两迁：韩愈一生被贬

数次，其中两次在岭南。⑨制阉平叛：阉，指宦官。韩愈在东都洛阳任都官员外郎兼判祠部时，打击宦官及藩镇势力，整治社会治安，因此得罪权贵，被贬河南县令。平叛：唐穆宗时，韩愈奉旨平息叛乱，叛军气焰嚣张，韩愈毫不畏惧，慷慨陈词，折服了叛军首领王庭凑，未费刀枪顺利平叛。⑩"忠勇"句：苏轼称赞韩愈"忠犯人主之怒，而勇夺三军之帅"（《潮州韩文公庙碑》）。

农家小院①

庭院小园花艳艳，清晨旭日照房前。
三行葱翠茄瓜暗，两树青红枣李繁。
紫燕春来梁上恋，黄蜂夏至叶间翩。
飞来飞去秋风犯，燕子添丁蜂蜜甜。

【注释】

①此诗作于 2019 年 8 月。

兰州新区①

兰州北去百重山，一座新城②山那边。
野旷云低鹰起落③，花明柳暗燕呢喃。
高楼林立棋盘④坐，班列西出欧亚连。
夕日风沙迷泪眼，史书应记拓荒篇。

【注释】

①此诗作于2019年9月。兰州新区在兰州以北30多千米处。②新城：兰州新区是新建的城区。③鹰起落：中川机场的上空飞机在起落。④棋盘：新区的道路就像画在地上的棋盘，高楼就坐落在棋盘中。

夜 吟①

——读柳宗元《中夜起望西园值月上》

寂寞心头似鬼狞，②无眠坠露哪堪听？③
石泉竹下寒根冷，④月夜林间山鸟鸣。

【注释】

①此诗作于2019年8月。②"寂寞"句：寂寞的心头像有一个鬼露着狰狞的面容折磨人。③"无眠"句：那坠下的露水听起来声音有些诡异，搅得人睡不着觉。④"石泉"句：石泉的水从竹下流过，竹子的根都觉得寒冷。

送君远行①

黄河远去海云端，波浪陪君回故园。②
少小离家归逝骨，浦江滴泪女终还。③

【注释】

①此诗作于2019年9月10日。君：指我高中时的语文老师兼班主任黄老师。她是上海人，17岁参军到新疆建设兵团，后来到甘肃兰州窑街矿务局二中当老师。黄老师是一名好老师，她爱生如子，对工作兢兢业业。时光已过去四十多年，我们依然很爱她。黄老师去世前留下遗愿，希望亲人将其骨灰的一半放入黄河，送她回故乡。望着黄河水卷着骨灰盒漂向远方的视频，我心酸楚，遂写下了这首诗。

游七里寺①

两山相对东山峻，②袅袅炊烟壁万寻③。
南去川塬④游古寺，北来溪水过幽村。
青峦叠嶂疑无路，红谷⑤蜿蜒风近熏。
缥缈钟声播远道，百花丛里正销魂。

【注释】

①此诗作于 2019 年 9 月。七里寺：在青海省民和县境内。
②"两山"句：意谓两条南北走向的山脉东西相对，东山较西
山高峻陡峭。③寻：古代的长度单位，一寻等于八尺。这里指
山势陡峭且高。④川塬：河谷地带和台地。当地人将台地称为
塬。⑤红谷：河谷山体下部呈淡红色。

柳宗元①

年少才高众慕卿，②春华正茂仕天庭。③
一朝风雨无情弃，④十载⑤云烟寂寞行。
兴办学堂开教化，解除奴婢改俗成。⑥
生平抱负忧思病，⑦八记⑧永州山水情。

【注释】

①此诗作于 2019 年 9 月。柳宗元（773—819），字子厚，祖籍河东（今山西永济），唐朝著名诗人及文学家。②"年少"句：柳宗元自幼受到母亲卢氏的启蒙教育。贞元九年（793 年）进士及第。贞元十四年（798 年）登博学宏词科，授集贤殿正字。当时"名声大振，一时皆慕与之交"（韩愈《柳子厚墓志铭》）。③"春华"句：贞元二十一年（805 年）正月，顺宗即位，提拔柳宗元为礼部员外郎，协同王叔文诸人推行了一系列改革措施。八月，顺宗被迫内禅，太子李纯（宪宗）即位，改元永贞。王叔文诸人推行的改革史称"永贞革新"。④"一朝"句："永贞革新"失败后，柳宗元同其他参与改革的人一起受到惩罚，他被贬谪为邵州刺史，途中改贬永州（今属湖南）司马。⑤十载：柳宗元谪居永州，元和十年（815 年）改为柳州刺史，元和十四年（819 年）十一月，病死于柳州官署，前后经历了十三年。十年，是泛指。⑥"解除"句：柳州当地人喜欢赌博，赌输后将自己的孩子或妻子质押给赢的一方，如不按期赎回，被质押的人就变成了赢家的奴仆。这在当地是约定俗成的

规矩。柳宗元了解到这些情况后，采取了一系列措施，终于将所有被质押的奴仆解救出来。⑦ "生平" 句：柳宗元是一个心怀理想抱负的人。当理想破灭后，巨大的心理落差使他精神上遭受了很大的打击，加之南方湿热的气候使他很不适应，他疾病缠身，年仅 47 岁就去世了。⑧ 八记：柳宗元在永州写下了著名的八篇游记。它们是：《始得西山宴游记》《钴鉧潭记》《钴鉧潭西小丘记》《小石潭记》《袁家渴记》《石渠记》《石涧记》《小石城山记》。

杜 牧①

书香门第世官人，②腹有诗书兵策陈。
初赋阿宫③惊士子，频投战论④献朝臣。
江南小杜⑤吟烟雨，塞北羌儿⑥起战尘。
欲向君王求戟钺，可怜白发泪纷纷。⑦

【注释】

①此诗作于 2019 年 10 月。杜牧（803—859），生于世家，晚唐著名诗人。杜牧不仅文学造诣深，而且还谙熟兵法及经世之道。他为曹操所定的《孙子》作过十三篇注解。②"书香"句：杜牧高祖杜崇懿，官右司员外郎、丽正殿学士。曾祖父杜希望为玄宗时的边塞名将。祖父杜佑是中唐著名的政治家、史学家。先后任德宗、顺宗、宪宗三朝宰相。父亲杜从郁官至驾部员外郎，早逝。杜牧的兄长杜悰官至宰相。③初赋阿宫：杜牧 23 岁时作《阿房宫赋》，在士子中传诵，一举成名。④频投战论：杜牧多次上书朝廷，对如何平藩，如何防御回鹘提出了自己的见解。会昌三年（843 年），昭义军乱，杜牧上书李德裕论用兵之法，为对方所采纳。⑤小杜：杜牧的别称。此时杜牧在江南做官。⑥羌儿：唐大中四、五年间（850—851），西北少数民族党项人犯边。⑦"欲向"两句：杜牧在《闻庆州赵纵使君与党项战中箭身死，辄书长句》诗中说："谁知我亦轻生者，不得君王丈二殳"。写这首诗时，杜牧已 48 岁。

立冬日与家人同游北京五彩浅山①

将入燕山村落稀，风吹秋叶使人迷。

宛如黄杏林中落，还似红花枝上栖。

历史烟尘留故迹，焦庄②地道叹神奇。

英雄抗日驱贼寇，红叶年年寄远思。

【注释】

①此诗作于 2019 年 11 月，时在北京。五彩浅山：属燕山山脉，在北京市顺义区。②焦庄：燕山脚下的一个小村庄。焦庄有地道，据说是抗日战争时留下的遗迹，电影《地道战》是在这里拍摄的。

北京大兴国际机场建成投运①

凤凰摇翅落幽燕②，遥望皇城一线牵。
碧水③扬波舒广袖，白云漫步喜开颜。
霓裳飘逸烟霞妒，巧目生辉日月含。
一顾倾城④风韵慕，鹰飞鹰落不思眠。⑤

【注释】

①此诗作于 2020 年 1 月。北京大兴国际机场建成投运的时间是 2019 年 9 月 27 日。我在兰州看电视直播心情很激动，拿起笔想作一首诗，但总是写不好。2020 年 1 月，我专程去北京大兴国际机场参观，回家后写了这首诗。②幽燕：泛指今河北北部及辽宁一带。战国时属燕国，唐以前属幽州故称幽燕。③碧水：这里有两层意思，一是大兴机场旁边有一条河流，叫永安河。二是航站楼的钢骨架舒缓流畅，就像河流在流淌。五个指廊就像抛出去的水袖。④一顾倾城：汉代李延年歌"北方有佳人，绝世而独立。一顾倾人城，再顾倾人国"。后人常用"倾城"来比喻佳人。这里把航站楼比喻为佳人。⑤"鹰飞"句：用鹰比喻飞机。不思眠：指飞机昼夜不停地起落。

王　维①

辋川②烟雨青山暮，车马归来转念珠③。
画笔空灵生象外，④诗风恬淡入虚无。⑤
京城贵戚拂席盼，⑥乡野农夫携手出。⑦
羞愧当时屈暴寇，⑧一溪秋水老林庐。⑨

【注释】

①此诗作于 2020 年 1 月。王维（约 701—761），字摩诘，唐中期著名诗人和画家。②"辋川"句：辋川在今陕西省蓝田县。王维在此置有别墅。③转念珠：手转佛珠。王维受其母亲影响终身信佛。④"画笔"句：意谓王维的山水画空灵、清雅，有画外之意。北宋大文豪苏轼评王维的画"吴生虽妙绝，犹以画工论。摩诘得之于象外，有如仙翮谢笼樊"（《王维吴道子画》）。⑤"诗风"句：谓王维的诗恬淡、清雅，如入禅境。⑥盼：擦干净坐垫等待王维的到来。这一句是说王维年轻的时候，他的诗画名噪京城，长安的权贵都想与他结交。⑦"乡野"句：意谓辋川的农夫很喜欢王维，看到他从京城归来，都热情地与他打招呼。⑧"羞愧"句：天宝十四载（755 年），安史之乱爆发，次年王维被叛军擒获，被押在菩提寺。王维好友裴迪来看他，王维口占诗一首给裴迪。叛军强迫王维做伪官，如不答应就要杀害他及其他艺人，他被逼无奈接受了伪官。暴乱平息后，朝廷要治王维的罪，多亏他弟弟王缙出面营救，还有王维当时口占的这首"万户伤心生野烟，百官何日更朝天？秋槐落叶空宫里，凝碧池头奏管弦"（《凝碧池》）诗，使他绝处逢生，朝廷并未将他治罪。⑨溪：指蓝溪。林庐：树林中的房子。

韦应物^①

少年侠客横乡里，^②浪子门荫得侍君。^③
立志读书逢乱世，^④为生求仕^⑤做微臣。
山民耕种悬崖住，^⑥刺史攀登深谷寻。^⑦
诗慕渊明长五古，^⑧滁州西涧暮归人。^⑨

【注释】

①此诗作于 2020 年 3 月。韦应物（约 737—792），字义博，京兆杜陵（今陕西省西安市）人。②"少年"句：韦应物少年时代任侠好斗，横行乡里。③门荫：唐朝选拔官员有三种途径，一是"科举"，二是"门荫"，三是"杂色入流"。门荫，也就是传统的世袭制度。皇亲、高官子弟可以直接世袭祖辈的爵位和勋位，五品以上高官子孙可以直接以荫入仕。韦应物属于由"门荫"入仕的官员。侍君：韦应物 15 岁起担任唐玄宗的近侍。④"立志"句：天宝十四载（755 年），安史之乱爆发，唐玄宗逃往蜀地，韦应物流落失职。从那时起他意识到要生存得靠自己，便开始刻苦读书。⑤为生求仕：从代宗广德到德宗贞元年间，韦应物先后担任洛阳丞、京兆府功曹参军、尚书比部员外郎、滁州刺史、江州刺史、苏州刺史、左司郎中等职。⑥"山民"句：百姓为逃避沉重的税赋，逃到深山里生活。⑦"刺史"句：韦应物任滁州刺史时，春季例行寻访属地。督促春播及访孤寡穷困之人。他攀危岩、穿古木，来到山民家了解情况，山民的生活很困难，韦应物对山民的境况深表同情。⑧"诗慕"句：韦应物很崇拜陶渊明，有意学习陶渊明诗的表现手法。古

人评价韦应物的五言古体诗"澄淡精致""韵高气静",常将他的诗与陶渊明的诗相提并论。⑨"滁州"句:韦应物的七言绝句《滁州西涧》"独怜幽草涧边生,上有黄鹂深树鸣。春潮带雨晚来急,野渡无人舟自横"。

杏 花①

为报春风一树白,杏花仙子下凡来。
残红未退青娥②小,泪雨③纷飞落土哀。

【注释】

①此诗作于 2020 年 6 月。②青娥:指刚长出来的小杏子。这句意谓杏花仙子无法陪伴她的孩子。③泪雨:指杏花在雨中飘落。

陆　游①

铁马②冰河入梦来，报国无路③鬓毛衰。
中原未复④心遗恨，南郑归来⑤剑自哀。
细雨骑驴⑥诗满腹，急风射虎⑦雪盈怀。
一腔热血空悲愤，示子⑧坟前灭虏白。

【注释】

　　①此诗作于 2020 年 5 月。陆游（1125—1210），字务观，号放翁。浙江山阴（今绍兴）人，南宋伟大的爱国诗人。②"铁马"句：陆游诗"夜阑卧听风吹雨，铁马冰河入梦来"（《十一月四日风雨大作二首》）。③报国无路：南宋朝廷偏安一隅，没有收复中原的决心，使得有志于国家统一的仁人志士报国无路。　④中原未复：1127 年，金兵攻陷汴京（今河南开封），陆游随父逃回故乡山阴。直到陆游去世，中原也未收复。⑤南郑：指今陕西汉中一带。归来：乾道八年（1172 年）十月，主战派代表人物王炎被召回临安，陆游也被改任成都府安抚司参议官。⑥细雨骑驴：陆游从南郑回成都过剑门关时作诗"此身合是诗人未？细雨骑驴入剑门"（《剑门道中遇微雨》）。⑦急风射虎：陆游诗"去年射虎南山秋，夜归急雪满貂裘"（《三月十七日夜醉中作》）。⑧示子：陆游诗"死去元知万事空，但悲不见九州同。王师北定中原日，家祭无忘告乃翁"（《示儿》）。

喜相逢①

弦歌阵阵桃园暮，垂柳依依山鸟鸣。
半世②沧桑说往事，一杯老酒庆相逢。
梦中常见篱笆院③，楼下还寻花草庭。
已是光阴白发鬓，人生有幸遇君卿。

【注释】

①2020 年 6 月，与金校长夫妇、王校长夫妇、孔师傅夫妇、施老师夫妇在花寨子桃雅轩聚会，共叙邻里情、同事情，遂写此诗。②半世：我与老邻居相识已四十多年，说半世是取其整数。③篱笆院：过去住的是平房，邻里之间隔的是篱笆墙。

黄庭坚①

英才天妒弃荒蛮②，明月孤舟万里帆。③
诗领江西④思砥柱，书遗巴蜀记碑岩。⑤
京城撰史遭灾祸，⑥寺院留文罪谤言。⑦
苏轼庭中曾唱和，宜州⑧客死对牛栏⑨。

【注释】

①此诗作于 2020 年 6 月。黄庭坚（1045—1105），字鲁直，号山谷道人，北宋著名诗人，与大文豪苏轼齐名，人称"苏黄"。黄庭坚还擅长书法，是中国书法史上著名的书法家。②荒蛮：指边远地区。③"明月"句：哲宗绍圣元年（1094 年），黄庭坚先是被贬谪到黔州（今四川彭水），后又移戎州（今四川宜宾）。崇宁二年（1103 年）黄庭坚被流放宜州。这一路多走水路。④诗领江西：黄庭坚是江西诗派的开创者。⑤"书遗"句：黄庭坚在被贬黔州、戎州期间留下了一些书法作品。黄庭坚在丹棱（今四川省丹棱县）书写了杜甫在四川时作的诗，当地富绅杨素棱出资刊刻成碑，并修亭以庇护。黄庭坚作记《大雅堂记》记录了这件事。⑥"京城"句：神宗元丰八年（1085 年）三月，神宗死，哲宗即位。六月，黄庭坚受召任秘书省校书郎进入京城。受司马光的推荐他参加了《资治通鉴》的校定，被哲宗任命为《神宗实录》的主要撰稿人之一。哲宗绍圣元年（1094 年），因章惇等人攻击《神宗实录》的修撰"附会奸言，诋熙宁以来政事"，黄庭坚获罪贬黔州（今四川彭水）。⑦"寺院"句：黄庭坚应江陵承天禅院主持智珠之请作《江陵府承天

禅院塔记》，时荆州转运判官陈举等在场，要求在塔记上加上他们的署名，被黄庭坚拒绝，陈举便怀恨在心，伺机报复。于是，陈举以塔记涉嫌"幸灾谤国"上书朝廷，朝廷治罪，黄庭坚被革除官籍，流放宜州。⑧宜州：今广西壮族自治区河池市宜州区。⑨对牛栏：黄庭坚属于被官府监管的对象，受尽屈辱，他临死前居住在屠牛场的对面，住房露风进雨，生活极其艰苦。

夏季的若儿盖草原①

山峦低缓绿连天，仙鹤②飞来草地眠。
旷野风吹人不见，清湖③雨落鸟回翩。
小花摇曳鱼翔浅④，鼠兔⑤徘徊鹰隼⑥旋。
日暮毡房⑦留客宿，星明月朗梦当年⑧。

【注释】

　　①此诗作于 2020 年 8 月。若儿盖草原在四川省西部。②仙鹤：指黑颈鹤。③清湖：湿地中的小湖。④鱼翔浅：小湖较浅，可看见鱼儿游动。⑤鼠兔：是草原上特有的一种小动物，比家鼠大，生性警觉，善打洞。它咬断草根，对草场破坏很大。⑥鹰隼：一种猛禽。⑦毡房：是用毛毡围起来的圆顶房屋，类似蒙古包。⑧梦当年：梦见当年红军走过草原时的情景。红军就像这天上的星星，永远照亮人间。

神奇的扎尕那①

巉岩②环绕云烟漫，疑似神仙上九天。
眼见奇峰如阙③立，耳听急雨似琴弹。④
青峦相对霓虹恋⑤，白水⑥翻腾石涧盘。
袅袅炊烟村寨⑦暮，斜阳一道半金山。

【注释】

①此诗作于 2020 年 8 月。扎尕那：一个藏族小村寨，在甘肃省迭部县境内。②巉岩：陡峭高耸的山峰。③阙：阙楼。古代建在宫殿旁的高楼。④"耳听"句：雨打在山间的亭子、雨伞、树叶上，发出不同的声音，就像在弹奏音乐。⑤霓虹恋：雨过天晴，霓虹搭在两山之间，相对的山峦像相依的恋人。⑥白水：山间的溪水在蜿蜒曲折的石头河床上奔腾。⑦村寨：指扎尕那村，坐落在山坡上。

登兰州黄河楼①

飞鸟②翩翩欲比高，高楼岸上梦波涛。
千年古郡风云渡，③一座新城④烟雨桥。
丝路⑤迢迢通海陆，黄河荡荡过城皋。⑥
万家灯火行船处，白塔亭阁分外娇。

【注释】

①此诗作于 2020 年 11 月。兰州黄河楼：此楼是一座仿明清风格的建筑，于 2020 年 10 月建成。②飞鸟：指在黄河沙洲上栖息的鸟，有白鹭、鸥鸟、鸳鸯等多种迁徙而来的鸟。③千年古郡：汉昭帝始元六年（前81年），朝廷在这里置金城郡，故址在今兰州市西固区河口镇。风云渡：金城郡的渡口，此渡口是古代通往西域的重要通道。④一座新城：兰州这座老城在中华人民共和国成立后，特别是改革开放四十多年来发生了翻天覆地的变化，高楼林立，虹桥卧波，变成了一座美丽的新城。⑤丝路：兰州是古丝绸之路的要塞之地。⑥荡荡：形容黄河流动的气势。城：指兰州市。皋：指皋兰山。这句意谓黄河浩浩荡荡地从皋兰山下的兰州市穿城而过。

岭南风情①

客住岭南烟雨处，花开碧树正隆冬②。
春来旧叶悄悄落，雨后新芽速速生。
药肉煲汤③尝美味，蟹虾蒸饺④品玲珑⑤。
金橘⑥一树年节到，利是⑦分发花满城⑧。

【注释】

①此诗作于 2020 年 12 月。岭南：指五岭以南。五岭指大庾岭、越城岭、都庞岭、萌渚岭、骑田岭。②隆冬：冬天最寒冷的时期。③药肉煲汤：当地人煲汤的时候既放肉，还放诸如当归、黄芪、党参等药材，既美味，又能调养身体。④蟹虾蒸饺：当地人用蟹黄和虾仁来做蒸饺，味道鲜美。⑤玲珑：蒸饺皮很薄，能看到里面包的馅料。⑥"金橘"句：广东人在春节来临的时候，家家户户买来金橘和鲜花摆置客厅，取"吉利"的意思。⑦利是：即红包。寓意诸事顺利。⑧花满城：春节前几天，城市多处有花市，广东人有逛花市的习俗。

白居易①

白莲白鹤性高洁，生在白家情意合。②
梦里青丝长恨赋③，醒时白首柳枝歌④。
拾遗⑤昔授君王谏，刺史今思百姓泽⑥。
乐府诗成官侧目，⑦《秦中吟》罢友螫舌。⑧
琵琶一曲青衫泪，⑨湓浦⑩孤帆银月斜。
万仞峡山千里走⑪，一帆风雨几时歇。
东坡桃李心安⑫处，南土苏杭⑬政有德。
雨落新堤⑭铺碧毯，风吹古柳挽红荷。
洞庭山⑮下奇石遇，乌鹊河边泪眼别⑯。
年老洛阳昏早睡，⑰岁新家宴酒迟喝。⑱
闲来诗酒丝竹乐，济世捐资治洛河。⑲

【注释】

①本诗作于 2021 年 2 月。白居易（772—846），字乐天，晚年号香山居士。中唐时期著名诗人。②"白莲"二句：白居易家里的池塘植有白莲，养有白鹤。白莲与白鹤被人们视为纯洁和坚贞的化身，这与白居易的精神追求相契合。③长恨赋：指白居易诗《长恨歌》。④柳枝歌：即《杨柳枝词》。⑤拾遗：元和三年（808 年），白居易被授左拾遗。拾遗，唐代门下、中书省置左右拾遗，同掌供奉讽谏、荐举人才，防止朝政有缺失。⑥泽：福泽。⑦"乐府"句：白居易开创了新乐府诗。他的诗为广大劳动人民鸣不平，对统治者进行了直接而辛辣的讽刺，

此举得罪了权贵。⑧《秦中吟》：是白居易创作的又一组讽喻诗，内容与新乐府诗一致。⑨箝舌：白居易的家人和朋友都为他如此大胆而感到吃惊，为他的未来而感到担心和害怕。⑨"琵琶"句：元和十年（815年）六月，藩镇李师道派人刺杀宰相武元衡，白居易第一个上疏请求严缉凶手，当权者责备他在谏官之前言事（此时，白居易已不在左拾遗任上），又诬告他作诗不忌讳母亲看花坠井而亡的事，贬其为江州（治所在今江西九江）司马。在江州期间，白居易在江边送客时听到有人弹琵琶，便邀来重弹一曲。弹奏者是长安歌姬，她高超的技艺和落魄的身世，引起了白居易内心深处强烈的共鸣，泪水打湿了他的衣衫。他为弹奏者作诗《琵琶行》。青衫：唐代八、九品官服为青色。这里青衫代指白居易。⑩溢浦：长江边的码头。⑪千里走：元和十四年（819年），白居易从江州乘船西去，经过三峡到达忠州（今重庆忠县）任刺史。⑫心安：白居易到忠州的第二年，在东坡栽上桃、杏、梅。他说"大抵心安即是家"（《种桃杏》）。⑬南土苏杭：长庆二年（822年），白居易自中书舍人出任杭州刺史。宝历元年（825年），出任苏州刺史。⑭新堤：长庆四年（824年）春，白居易在西湖筑堤蓄水，为农田灌溉创造条件，避免夏秋少雨成灾。⑮"洞庭"句：白居易出任苏州刺史游太湖时发现了两块特别的石头，带回家中清洗干净后把玩欣赏。一块石头似龙背上驮着山峰，白居易用它来支琴。另一块石头外形似酒壶，内空穴，白居易用它来储酒。洞庭山，指太湖中心的小山。⑯乌鹊河：苏州的一条小河。泪眼别：白居易任满离开苏州回洛阳时，苏州官民十里相送。⑰"年老"句：大和三年（829年），71岁的白居易以太子宾客分司东都，从此闲居洛阳。⑱"岁新"句：新年家宴，长者最后饮酒，有祝老人长寿之意。⑲"济世资助"句：白居易《开龙门八节石滩诗二首并序》"东都龙门潭之南，有八节滩、九峭石，船筏过此，例反破伤。舟人楫师，推挽束缚，大寒之月，裸跣水中，饥冻有声，闻于终夜。予尝有愿，力及则救之。会昌四年，有悲智僧道遇，适同发心，经营开凿，贫者出力，仁者施财"。

元宵节游兰州老街①

谁人梦里起乡愁，泼墨挥毫几度秋。
黛瓦青砖思古韵，蓝溪②画舫忆江头。
小桥明月黄昏后，深巷华灯仙客游。③
恍若汴京元日夜，④人潮涌动闹春牛⑤。

【注释】

　　①此诗作于2021年1月。兰州老街是兰州市打造的大型仿古建筑群，整体建筑仿明清风格，大气恢宏。兰州老街是以文化展示、旅游购物及休闲娱乐为主导的旅游地。②"蓝溪"句：兰州老街中有一条人造小溪，溪底用蓝色砖石铺底，溪上有画舫，使人不由得想起江南烟雨。③"小桥"二句：正月十五的月亮升起来了，照着老街的小石桥，各式灯笼亮了起来，人行其间就恍若神仙下凡，神秘而浪漫。④"恍若"句：意谓看到眼前的情景，使人想起北宋京都汴梁城元宵夜人潮涌动，火树银花不夜天的热闹美景。⑤闹春牛，因2021年是牛年，故称此。

玉兰花开①

——谨以此诗献给20世纪五六十年代支甘的上海人

袅袅婷婷一树白，②柔和温润仲春③开。

何须朱粉浓妆面，④自有冰心淡雅怀。⑤

燕子飞来歌玉树，⑥月光升起醉花台。⑦

南国夜梦萦烟雨，⑧塞上沙尘三月来。⑨

【注释】

①此诗作于2021年3月。玉兰花是上海市的市花，所以用玉兰花比喻来支边的上海人。②"袅袅"句：意谓白玉兰花开的时候，就像美丽的少女亭亭玉立。③仲春：春季的第二个月。④"何须"句：意谓洁白的玉兰花不需要装扮就很美。⑤"自有"句：意谓玉兰花不仅有冰清玉洁的心灵，还有君子一样的儒雅风度。⑥"燕子"句：意谓燕子从南方飞来，在玉兰树上唱着赞美玉兰花的歌。⑦"月光"句：意谓月亮爱慕玉兰花的风姿，沉醉在花树边不肯离去。⑧"南国"句：意谓玉兰花因思念故乡，夜里梦见江南烟雨萦绕。⑨"塞上"句：意谓玉兰树从南方移栽北方，逐渐适应了北方干旱多风沙的气候。塞上，古时候指北方大漠关塞之地，这里特指甘肃。

梦游唐宋①

山路弯弯无尽头，②痴人③偶入梦寻幽④。
花明万树⑤游唐宋，雨暗孤灯⑥访杜苏。
初拜摩诘⑦诗画慕，才逢子美⑧史诗⑨读。
醒来光景千年后，提笔神驱佳句出。

【注释】

①此诗作于 2021 年 4 月。②"山路"句：这里特指学诗之路曲折漫长且永无止境。③痴人：指作者。④寻幽：指学习中国古典诗词。⑤花明万树：比喻唐宋时期的著名诗人。⑥雨暗孤灯，指杜甫和苏轼的人生凄风苦雨，但他们在雨夜为我们点亮了一盏灯。杜甫是唐朝中期的著名诗人，被后世誉为"诗圣"。苏轼是北宋的著名诗人、词人、画家、散文家。杜甫和苏轼虽然艺术成就非凡，但命运多舛。杜甫一生过着颠沛流离的生活，最后死在洞庭湖的一叶扁舟上。苏轼遭遇了"乌台诗案"后，多次遭谪贬，最后贬到儋州。元符三年（1100 年），宋徽宗即位，苏轼遇赦，次年病逝于常州。⑦摩诘：王维，字摩诘，唐朝中期著名诗人和画家。苏轼评价王维的诗和画"味摩诘之诗，诗中有画；观摩诘之画，画中有诗"（《书摩诘蓝田烟雨图》）。⑧子美：杜甫，字子美。⑨史诗：杜甫的诗被后世称为"史诗"。

清　明①

樱花如雪柳如烟，燕子飞来河上翻。②
不见故人空怅惘，③绕梁飞树④雨丝寒。

【注释】

①此诗作于 2021 年 4 月 4 日清明节。②河上翻：在河面上飞。③故人：指房间的主人。怅惘：惆怅迷惘。④绕梁飞树：燕子在屋檐下和树丛中飞来飞去。

辛弃疾①

济南民起抗辽金，②突骑敌营知府擒。③
壮士南归豪气盛，英雄北望泪沾襟。④
《美芹十论》伐金策，未动皇家苟且心。⑤
醉里挑灯频看剑，⑥中原未复恨霜侵。⑦

【注释】

①此诗作于 2021 年 7 月。辛弃疾（1140—1207），字幼安，号稼轩，生于济南历城四风闸，南宋著名词人。②"济南"句：宋高宗绍兴三十一年（1161 年），金主完颜亮大举南侵，金军占领区的人民蜂拥而起，举起义旗反抗。21 岁的辛弃疾聚两千人起事，随后加入耿京军，被任掌书记。③"突骑"句：为了使

义军取得官军的支持，以便有效地打击敌人，辛弃疾劝耿京投靠南宋朝廷。绍兴三十二年（1162 年）正月，辛弃疾一行奉表谒见宋高宗赵构。不料，义军中出现叛徒，张安国伙同绍进杀死耿京，投降金人，做了济州知州。辛弃疾率五十骑兵突袭济州，将张安国缚置马上，连夜押回建康（今江苏南京），斩首示众。④"壮士"二句：辛弃疾南归后，多次上疏朝廷，陈述收回失地的策略，可惜都得不到朝廷的响应。想到中原人民所遭受的苦难及南宋朝廷苟且偷安的作为，他心中苦闷。⑤"美芹"二句：宋孝宗隆兴元年（1163 年）夏，宋军在符离溃败。金人内部也发生了政变，完颜亮被杀。在此紧要关头，辛弃疾给孝宗上疏《美芹十论》，分析了宋金对立形势、抗金策略和战术，孝宗召见了辛弃疾，之后给辛弃疾任了个司农主簿的官职便再无下文。⑥此处引用辛弃疾词《破阵子》"醉里挑灯看剑"。⑦"中原"句：辛弃疾南归时 20 多岁，去世时 68 岁，满头青丝变白发，恢复中原的理想终未实现。

词 三

鹧鸪天①

江南旱涝迭继

田野干枯湖水竭②，江南盼雨望云国。天庭急派龙王去，滚滚乌云战旱魔。

山不见，路成河。人间浊浪荡洪波。房斜路毁桥梁断，无奈江南旱涝迭。

【注释】

①此诗作于 2008 年 8 月。鹧鸪天：词牌名。②湖水竭：鄱阳湖水位下降，部分湖底变成了草滩。

鹧鸪天^①
游竹林沟^②

万木葱茏竞浩天，百花争艳草丛间。林中鸟叫遥相应，溪水欢腾来客前。

攀翠谷，与松言。君身隐逸在云端，他年若致平生愿，饮露烹花乐此山。

【注释】

①本词作于 2008 年 8 月。鹧鸪天：词牌名。②竹林沟在甘肃省永登县河桥镇境内。

词

减字木兰花①
游冶力关香子沟②

苍松望断，栈道攀岩回百转。日影斑驳，湿径花开松柏坡。
鸟鸣深树，松鼠惊逃牵客目。鼓震③山峦，九瀑④相连壁下喧。

【注释】

①此诗作于 2008 年 8 月。减字木兰花：词牌名。②冶力关香子沟：在甘肃省临潭县冶力关镇。③鼓震：瀑布下泻的声音就像有人在击鼓。④九瀑，九级瀑布。

蝶恋花①
山庄②聚会

绿野农家幽静处，菜圃花园，喜鹊鸣高树。柳色青青前夜雨，云烟袅袅南山度。

客访农家甥舅晤③，笑语盈盈，往事曾知否？把酒言欢将日暮，姨家贺寿明年赴④。

【注释】

①本词作于 2018 年 7 月。蝶恋花：词牌名。②山庄：花庄镇的小山上。这是一次亲戚聚会。③甥舅晤：外甥与舅舅会面。④"姨家"句：老施小姨明年 85 岁寿辰，大家相约明年去小姨家贺寿。

词

青玉案①
初秋登仁寿山②

浓荫夹道秋阳探③，过幽径，登山健，仿古亭阁南望远。大河④东去，二分城半⑤。栉比高楼岸。⑥

寿星端坐仙台看，阡陌桃红枣青暗。⑦烟柳农家溪水畔，四合青院，曲廊回转，阵阵歌声漫。⑧

【注释】

①本词作于 2018 年 8 月。青玉案：词牌名。②仁寿山：在兰州市安宁区境内。③秋阳探：太阳从树林间照进来。④大河：黄河。⑤二分城半：黄河把城市分为两半。⑥"栉比"句：两岸的高楼像梳子齿那样密密地排列着。⑦"寿星"句：仁寿山上有一个寿星台，台上有巨大的寿星雕塑。阡陌：田间小路。桃红：桃子已经熟了。枣青暗：枣树茂密，枣未红。⑧歌声漫：指仁寿山下的"农家乐"内飘出的歌声向四周传开。

青玉案①
湖北秭归县屈原祠凭吊屈原②

生逢秦楚争雄③乱，为国运，君王谏④，智者洞察天下变。众人皆醉，有人谗媚，⑤屈子独忧患。

江南流放渔翁劝⑥，悲愤投江殉国难。⑦身后高节千古赞。献君花束，缅怀追远，江水多哀叹。⑧

【注释】

①本词作于 2018 年 10 月。②屈原：（约前 340—约前 278），字原，战国时期楚国政治家、诗人。③秦楚争雄：战国末期，当时最强大的两个诸侯国就是秦国和楚国。秦国进行了一系列改革措施，使中央对地方的控制力加强，国力强盛。而楚国则安于现状，不思进取。楚怀王早年还宠信屈原，听从他的建议实施变法，使楚国一度出现了国富民强、威震诸侯的局面。后来楚怀王宠信奸臣，听信谗言疏远屈原。④君王谏：倒装句。屈原为国家前途着想，多次向楚怀王、楚襄王进谏。⑤"众人"二句：意谓大多数官员没有意识到国家处于危险的地步，自我陶醉。有人为了讨好楚怀王，阿谀奉承，诬陷屈原。⑥渔翁劝：屈原被楚怀王、楚襄王两度流放，后一次流放到江南。在江边屈原与渔翁相遇，向渔翁诉说心中的苦闷，渔翁劝屈原"沧浪之水清兮，可以濯吾缨；沧浪之水浊兮，可以濯吾足"，意谓人应顺时而变。⑦"悲愤"句：公元前 278 年，秦将白起破楚国国都郢，62 岁的屈原对楚国的前途感到绝望，自投

汨罗江中，以身殉国。⑧"江水"句：秭归屈原祠在长江边上。这句意谓日夜流淌的长江发出声声哀叹，为屈原的遭遇鸣不平。

青玉案①
重阳节登白塔山②

重阳岁岁催人老，走山道，林中早。雨过露珠湿裤脚。赤橙黄绿，有林花俏，旭日穿林照。

登高远眺群山邈，霜染层林晚秋好。欲赋新诗闻鸟叫，看亭阁处，画檐飞翘，白塔游人笑。

【注释】

①此诗作于 2018 年 10 月。②白塔山：在兰州黄河北岸。因山上有一座白塔寺而得名。该寺始建于元代，重建于明朝。站在白塔山顶，可俯瞰兰州市容，白塔与黄河上的铁桥构成雄浑壮丽的画面。

瑞鹤仙①

贺黄金珠老师八十五岁寿辰②

　　浦江春水畔，少女别家院。③西路遥远，参军到边垔。④望天山云断，苍茫雪翰，寒风似箭。访农家，高山草甸，"土改"伊犁县。爬冰踏雪，与民同患。⑤

　　辗转，新疆甘肃。⑥执教生涯，爱播桃苑，耕耘不倦。⑦应欣慰，李桃艳。⑧玉壶冰心见，如歌年月，何惧风吹浪卷。⑨耄耋年，诞日吉时，晚生贺赞。⑩

【注释】

　　①此诗作于 2019 年 2 月。瑞鹤仙：词牌名。②黄金珠老师：上海人，她是我高中时的语文老师兼班主任。③"浦江"二句：春天百花开放的时节，16 岁的黄老师离开家乡。④"西路"二句：黄老师参军到新疆生产建设兵团。⑤"访农家"五句：黄老师在新疆伊犁县参加"土改"工作时的情景。⑥"辗转"二句：黄老师先是在新疆生产建设兵团学校任教，后来到窑街矿务局二中任教。⑦"执教"三句：是说黄老师在教师岗位上兢兢业业，无私奉献。⑧李桃：比喻黄老师的学生。⑨"玉壶"三句：指黄老师在人生道路上曾遭遇重大挫折，但她始终抱着积极乐观的态度对待生活。⑩"耄耋"三句：2019年 2 月 18 日（农历正月十四），黄老师曾教过的新疆学生代表与窑街矿务局二中七四届高中二班部分学生，为她举办了寿诞聚会，感谢她曾经的付出。

钗头凤①

迭部之行②

山依旧，云出岫，③白龙④咆哮顽石斗。人白首，江边走。一腔愁绪，青春谁驻？不，不，不⑤。

红酥手⑥，芳华露⑦，青春岁月来山谷⑧。修公路，栽苗木，云烟深处，孤独谁守？雨，雨，雨。⑨

【注释】

①此诗作于2020年8月。钗头凤：词牌名。②迭部：迭部县，甘南藏族自治州辖县。③云出岫：指云从山谷间飘过。④白龙：白龙江，发源于甘川边境的岷山北侧，流经迭部县、舟曲县及陇南市，最后流入嘉陵江。⑤不：指青春不可能永驻。⑥红酥手：指年轻时粉白细嫩的手。⑦芳华露：指年轻时白皙的皮肤。⑧山谷：指迭部林区。⑨雨：指作者曾经工作的地方人烟稀少，很难见到山外的人，只有风雨相伴。

百字令①

纳兰性德②

一腔愁绪，咏风花雪雨。愁来何处？京上乌衣③门第阔④，皇帝侍臣随扈。⑤家世尊崇，貂裘华胄，醉眼斜阳暮。云山望断⑥，沉思归去无路。

亡人⑦夜梦归来，素衣执手，泪眼哽咽语。圆月年年郎怕见，天上人间谁许？愿化双蝶，花间飞舞。⑧儿女情还误。三十命殒，⑨曜星滑过天幕。

【注释】

①此诗作于 2020 年 9 月。百字令：词牌名。②纳兰性德（1655—1685），叶赫那拉氏，字容若，号楞伽山人，满洲正黄旗人，大学士明珠长子。纳兰性德自幼饱读诗书，文武兼修，康熙十五年（1676 年）殿试中二甲第七名，赐进士出身。③乌衣：清初康熙朝，大臣多穿蓝青色或青色服装。④门第阔：纳兰家是贵族家庭。⑤"皇帝"句：纳兰性德深受康熙皇帝赏识，授一等侍卫衔，多随驾出巡。⑥云山望断：指想归隐。⑦亡人：指纳兰已去世的妻子。⑧"愿化"二句：纳兰性德的妻子去世后，他十分怀念妻子，写词《琵琶仙·中秋》，回忆与妻子在一起的美好时光。⑨"三十"句：康熙二十四年（1685 年）农历五月，纳兰性德逝世，年仅 30 岁（虚岁 31）。

满江红
游燕山青龙峡①

千古风烟，苍茫望，群峰似戟②。风阵阵，鸣咽如诉，巨龙③千里。惯看春花秋月落，常听虎啸山林唤④。岁如歌，汉瓦覆秦砖，从头忆。

农家女⑤，山野泣。出塞路，昭君⑥泪。看杨妃⑦歌舞，北来胡骑。⑧唐地烟尘遮半壁，马嵬坡下君王弃⑨。几千年，衰盛转轮回，民心是。⑩

【注释】

①此词作于 2020 年 9 月。燕山青龙峡，在北京市怀柔区。②戟：古代的一种兵器，在长柄的一端装有青铜或铁制成的枪尖，旁边附有月牙形锋刃。这里比喻燕山险峻。③巨龙：这里指长城。④唤：风声鹤唤，是说风的声音就像鹤鸣一样。⑤"农家女"二句：农家女，这里指孟姜女。民间有孟姜女哭长城的传说。孟姜女的丈夫被征去修长城，几年后，孟姜女寻夫到长城脚下，却找不到丈夫，她悲痛地哭泣，突然长城倒塌一段，露出了累累白骨。⑥昭君：名嫱，字昭君，西汉秭归人，汉元帝时选入宫。匈奴呼韩邪单于入朝求和亲，宫中无人愿去，昭君自请嫁匈奴。⑦杨妃：杨贵妃，小名玉环，通音律、善歌舞，是唐玄宗宠爱的妃子。⑧北来：安禄山叛军从蓟州起事，蓟州在长安东北部。胡骑：安禄山叛军的马队。⑨"唐地"二句：天宝十四载（755 年）十一月安禄山在蓟州造反。天宝十五载（756 年）八月安禄山攻陷长安，唐玄宗逃往成都。途经马嵬

驿时，护卫兵士停止不前，要求玄宗处死杨贵妃，玄宗无奈赐死杨贵妃。⑩"几千年"三句：意谓自古以来国家盛衰皆由民心所定，而非险关要塞。

赋 四

柳 赋①

——读曹丕《柳赋并序》有感

在水之阿，在山之坡，在荒之原，在沙之漠，春来发芽，金丝婆娑②。燕子初来，摇枝唱歌。夏荫如盖，骄阳似火，清凉树下，弹琴奏乐。③秋风渐起，寒霜如约，百花凋零，黄叶飘落。大雪纷纷，梨花遍野，雀儿鸣叫，树上有巢。④安然入睡，诗意来过。⑤

东风吹拂，柳花⑥飞舞。千里万里，絮儿⑦追逐。随遇而安，扎根彼土。蓬勃生长，枝繁叶簇。云卷云舒，守真抱朴。⑧不显秀林，任凭风雨。岁月悠悠，老柳渐枯。此生何憾？光阴未负。

【注释】

①此诗作于 2020 年 7 月。②金丝婆娑，指春天柳树刚发芽时嫩黄的颜色。③"夏荫"四句：意谓夏天柳树枝繁叶茂，如伞一样给人们遮挡太阳，人们在树下弹琴唱歌，十分惬意。④"大雪"四句：意谓冬天来了，雪下在树上就像梨花开了，喜鹊在树上鸣叫。⑤"安然"二句：意谓喜鹊安然入睡，大地一片诗情画意。⑥柳花：柳絮。⑦絮儿：柳絮。⑧守真抱朴：坚守纯真与朴素。

嫦娥①赋

人静夜阑，月儿弯弯。仰望夜空，月光婵娟。嫦娥奔月，千古常谈。仙子可好？桂树安然？玉兔捣药，吴刚酒酣。神话故事，浪漫千年。追寻梦想，中国航天。十六冬夏，默默攻关。姐妹五人②，依次飞天。大姐二姐③，绕月落月。三姐落月④，玉兔巡滩。四姐落月⑤，玉兔成双。五姐落月⑥，拜望月仙。桂花⑦树下，取土入坛。告别玉兔，飞回家园。姑娘归来，夜落雪原。五次奔月，姑娘心欢。世界瞩目，中国梦圆。

【注释】

①此诗作于 2021 年 8 月。嫦娥：中国古代神话故事中的月仙，此处指嫦娥系列的航天器。②姐妹五人：从 2007 年 10 月 24 日，嫦娥一号人造卫星成功发射，到 2020 年 11 月 24 日嫦娥五号月球探测器成功发射，中国共发射了嫦娥号卫星五个。③大姐二姐：指嫦娥一号和嫦娥二号人造卫星。一号执行的是绕月飞行和在月球硬着陆，二号是 2010 年 10 月 1 日成功发射的，它的任务是绕月飞行。④"三姐"句：2013 年 12 月 2 日嫦娥三号月球探测器携带"玉兔"号月球车在月面成功软着陆。"玉兔号"月球车执行月球探测任务。⑤"四姐"句：2018 年 12 月 8 日嫦娥四号月球探测器成功发射，并携带"玉兔二号"人造卫星在月球背面成功着陆。⑥"五姐"句：2020 年 11 月 24 日，嫦娥五号月球探测器发射成功。⑦"桂花"句：嫦娥五号月球探测器携带的返回器，在月球表面钻取月壤。

荷叶集

现代诗

五

大爱无言①

绿色覆盖着这片土地，
祥和宁静，
生机盎然。
忽然大地颤抖，
山河破碎，
地震②改变了这里的一切。

在倒塌的房屋里，
人们发现了一个熟睡的婴儿，
他稚嫩的小脸安静、甜美。
在他的上方是母亲弯曲的身体，
像弓一样为他撑起一片天地。
婴儿得救了，
母亲却再也没有醒来。
所有的语言在此刻都显得苍白，
跨越了生与死的考验，
时空在那一刻凝固。
母爱如山，
山川为之动容，
天地为之哭泣。

---

①此诗作于 2008 年 5 月 21 日。
②地震：指 2008 年 5 月 12 发生在四川省汶川县的 8.0 级地震。

在震后的瓦砾中，
四个小学生得救了。
他们睁着惊恐的眼睛，
眼前的一切恍若隔世。
在地震发生的一瞬间，
老师将他们塞到了讲桌下，
他用自己的身躯为学生撑起一片天。
学生得救了，
老师如弓的身躯却再也没有展开，
他用生命诠释了爱。
师爱如海，
苍山为之骄傲。
大海为之动容。

在灾民的安置点里，
闪过一位女警察的身影，
她拖着疲惫的身躯为灾民服务。
她是母亲的女儿，
也是女儿的母亲，
此时却不能去寻找她们。
她强压悲伤，
依然坚守自己的工作岗位，
她说："为灾民服务是我的责任。"
这是人民公仆的爱。

大爱无言，
母亲为之骄傲，
人民为之骄傲。

在震后的废墟上，
到处是人民子弟兵的身影，
到处是消防官兵的身影，
到处是武警战士的身影，
到处是白衣天使的身影。
他们冒着生命危险，
用爱与死神展开搏斗。
他们夜以继日地寻找、挖掘，
给幸存者生的希望，
给伤痛者爱的抚摸。
大爱无言，
人民为之骄傲。
祖国为之骄傲。

灾难给了爱最好的诠释，
爱就是奉献，
甚至是生命。
一生一世，
我们永远相守相望。

黄河边的歌声①

在一片绿荫下，
一只口琴，
两把二胡，
吹奏起动人的乐章。
大爷大妈轮番登场，
满怀深情放声歌唱。
一曲《下四川》，②
相思的哀怨，
唱得荡气回肠。
一曲"花儿"，③
欢快的曲调，
撩得人春心荡漾。

在一片绿荫下，
一排小凳，
几堵人墙，
编制出欢乐的海洋。
任凭黄河涛声依旧，
心声已随歌声鼓掌。

①此诗作于 2008 年 8 月。
②《下四川》：歌曲名。
③"花儿"：西北民歌。

108

一曲《雕花马》，④
母亲的挚爱，
如美酒般甘醇。
一曲《卓玛》，⑤
草原的风情，
在人心头流淌。

在一片绿荫下，
一种恬淡，
无限情思，
勾起对未来的畅想。
追寻已逝去的岁月，
快乐写在人们脸上。
一个春日里，
嘹亮的歌声，
与春风同飞扬。
快乐的生活，
和谐的乐章，
在黄河边奏响。

---

④《雕花马》：歌曲名。

⑤《卓玛》：歌曲名。

蓬莱观海①

我生长在黄土高原上。
数不清的大山，
把我与大海阻隔。
一年又一年，
花开花又谢，
我在梦中与她相约。

我踏上寻梦的旅程，
走过千山万水，
来到了她的身边。
像见到久别的亲人，
我泪流满面。
心变成了无边无际的海，
人生的忧愁，
都随海风飘散。
海浪欢呼着向我走来，
我的心飞翔在无边的海天。

太阳从海平面上升起，
大海泛起金色的波澜，

---

①此诗作于 2008 年 9 月。

绿树红墙，

亭台楼阁，

三仙山②繁华尽显。

海阔天高，

群鸟飞跃，

蓬莱阁日夜眺望着大海，

是等待着仙人的到来，

还是诉说着世事的变迁？

海市蜃楼，

真实又缥缈，

这里是天堂还是人间？

大海无言，

唯有海浪拍打岩石，

浪花飞溅。

巴颜喀拉山③的雪在悄悄融化，

化成一条条小溪，

小溪汇成了河川。

百川入海，

成就了小溪的永恒。

海纳百川，

---

②三仙山：在烟台市蓬莱市蓬莱阁。

③巴颜喀拉山：在中国青海省中部偏南，是我国长江、黄河河源段分水岭。

成就了海的辽阔。
我是一滴水，
投入大海的怀抱，
我的心从此变得浩瀚。

诗歌，我心中的恋人①

一枝兰花，
在幽静的山谷中发芽，
小雨把她滋润，
风儿亲吻着她的脸颊，
她在风雨中长大。
走过时间的长河，
她的每一瓣花叶，
都留下了历史的风尘。
她回眸一笑，
眼中就展开了一幅画。
我爱上了她的高洁，
也爱上了她的优雅，
当春天吐露第一片嫩叶的时候，
我就去寻找她。

啊！诗歌，
我心中的恋人，
你就是那兰花，
馥郁的清香，
飘到海角天涯。

---

①此诗作于 2009 年 12 月。

一条小溪，
流过村庄和田野。
小溪流动的声音，
就像一首甜美的歌。
啊！诗歌，
我心中的恋人，
你就是那小溪，
从我身边流过。
看着满天的繁星，
还有那一轮圆月，
我想起了苏轼、欧阳修。
不知今夜，
他们和谁同吟风花雪月？

啊！诗歌，
我心中的恋人，
每一天清晨，
我们在晨风中唱歌。
每一天黄昏，
我们在晚霞里陶醉。
尽管尘世喧嚣，
看见你，
我的心就像一轮秋月，
清静而辽阔。
夜晚，床前的灯，

开了又关，关了又开，
只为把你的容颜描画。
我愿追随着你的脚步，
走过千山万水，
让生命插上欢乐的翅膀，
飞向遥远的海洋。

月　夜①

寂静的夜，

秋月挂枝头，

远处传来琴声，

谁在弹奏《梁祝》？

柳树下的长椅上，

坐着一位老者，

她手中的琴弦在颤抖，

凄美的旋律在夜空中回响，

如泣如诉。

一轮圆月，

看尽人间悲欢离合。

曾经的爱恨情仇，

都流进了时间的长河。

昨夜风雨，

黄叶飘零。

秋风无情，

青丝变白雪。

夜夜思君，

梦中牵手不忍别。

空悲切，

望断云中月。

---

①此诗作于 2010 年 10 月。

放飞理想①

春天，我们播下一粒种子，
希望便在心中升腾。
阳光陪伴我们耕耘，
汗水浇灌小苗长成。
不管前行的路有多难，
我们都要风雨兼程。

桃红，柳绿，梨花雪，
心田里满园春色。
清风，细雨，檐头燕，
都把心情诉说。
不管喜怒哀乐，
都是生命的歌。
放飞心情，
放飞理想，
有梦想就有收获。

---

①此诗作于 2010 年 2 月。这是作者为戒毒所所报创刊写
的诗。

三叶花①

题记：2009 年 12 月 26 日，甘肃酒泉风电基地并网发电，谨将此诗献给酒泉风电基地的建设者们。

雪，无声无息，
空旷的戈壁滩上，
风在吼叫，
沙砾随风去流浪。
荒原上没有树木和牛羊，
只有风车静静地转动。
白色的茎秆，
白色的花瓣，
像美丽的三叶花。
你绵延几十里，
整齐而威武，
像列队的士兵一样。
嘉峪关城楼的钟声哟，
就像出征的号角，
你就像那千军万马，
挥舞长矛，
驰骋疆场。

①此诗作于 2010 年 2 月。三叶花：风力发电机。

千年的等待，
化成晶莹的泪花，
千万的激情，
传向四面八方。②

风无休无止地刮，
那正是你的期盼，
那正是你力量的源泉。
祁连山下的千里戈壁滩啊，
是你居住的家园。
啊！三叶花，
你生长在雪山下，
就像那美丽的雪莲花。
蓝天上朵朵白云飘过，
那是你献给大地深情的礼物。
我爱你，三叶花。

---

② "千万"二句：是说风力发电机发的电输送到四面八方。

让心儿去旅游①

我们在水泥丛林中行走，
脚步急匆匆。
来不及看天上的云卷云舒，
路边的花开花落。
来不及听鸟儿的呢喃私语，
大河的阵阵涛声。
一天又一天，
一年又一年，
我们都这样走过。

让我们停下匆忙的脚步，
跟着风儿去旅游。
走过山川，
蹚过小河，
把春的消息传播。
冰雪融化，
小河里有了激情的花朵。
几枝红杏，
一行翠柳，
引来堂前飞燕。
心儿醉，

---

①此诗作于 2010 年 3 月。

流水桃花不知归。

让我们停下匆忙的脚步，
跟着小河去旅游。
跳下岩石，
唱着歌儿，
一路向前走。
小草牵牵我的手，
浪花乐悠悠。
沙漠变绿洲。
麦田翻波浪，
心儿就变成了小船，
装满欢乐走。

让我们停下匆忙的脚步，
跟着大雁去旅游。
飞过高山，
飞过湖泊，
让梦想在天空翱翔。
红叶邀请我，
黄花插上头。
田园风光好，
桑陌忙收秋。
筐儿装满果实，
快乐留在心头。

让我们停下匆忙的脚步，
跟着雪花去旅游。
走过丛林，
走过沙漠，
原野银装素裹。
登高远眺，
琼花玉树，
雪花飞舞，
把真情向大地倾诉。
来吧，我的朋友，
让我们携手一起走。

黄河之滨也很美①

清晨我从黄河边走过，
冬日的黄河，
略显单薄。
河中露出了砂石，
黄河荡起了绿色的水波。
夏天的豪放，
冬日的柔和，
是黄河不变的性格。
岸边的树木正在冬睡，
喜鹊在树上飞来飞去，
寂静的河岸谁在唱歌？

一块河长牌，
立在黄河边，
默默无言，
心里却装着绿水青山。
不见了流着污水的管口，
不见了河床上的沙坑。②
湿地公园，
一只小白鹭在水塘边漫步，

———————————

①此诗作于 2021 年 1 月。
②沙坑：挖沙留下的坑。

优雅的步态就像仙子下凡。
几只鸳鸯在水中缓游，
一个老人正在向水中抛撒谷物。
旧日的沙坑，
变成了美丽的公园。
鸟儿们在黄河的沙洲上追逐嬉戏，
她们身影翩翩，
美丽婀娜。
鸥鸟划过水面，
迎着太阳展翅翱翔。
步道上走来晨练的人们，
寒风吹拂着脸庞，
欢乐却在心底回响。

还记得那夏日的黄昏，
黄河边传来悠扬的歌声，
一场音乐会正在进行，
跳舞，奏乐，歌唱。
百姓的舞台，
艺术家的梦想，
把黄河水渲染得色彩斑斓。
清凉的风吹过树的额头，
惬意荡漾在人们的脸上。

黄河之滨也很美，

啊！黄河，

我爱你的美丽，

我爱你的壮阔，

更爱你激情奔放的性格。

啊！兰州，

我眷恋的家园。

你依偎在母亲的怀抱里，

似婴儿般一天天长大。

母亲给了你不屈不挠的勇气，

更给了你朴实厚重的文化。

我们在您的怀抱中，

幸福安详。

六　文

荷叶集

春天的乐章①

送走了寒冬，春天在人们的翘首期盼中向我们走来。

小草轻轻拉开了绿色的帷幕，百灵鸟委婉动听的歌喉将春天的故事传唱。树枝上挂满了淡绿色的苞芽，它们使劲地往外鼓呀鼓，一阵细雨过后，它们终于冲破苞衣，露出嫩绿的小叶子。这些小精灵在树枝上探头探脑，睁着一双大眼睛看着外面神奇的世界。花儿在枝头慢慢绽放，最初是几朵，随后是几十朵、几百朵、几万朵……粉色的、黄色的、紫色的……她们个个娇艳夺目，热情奔放，把生命的乐章演奏得动人心魄，令人陶醉。

春天是一幅生机盎然的画卷。晨光熹微的早晨，远山被弥漫的轻雾笼罩着，若隐若现。田野里返青的麦苗郁郁葱葱，大片的桃花正在热烈地开放着，似一片祥云降落人间。绿树环抱的村庄飘起了缕缕轻烟，几只燕子在屋檐下叽叽喳喳叫个不停，仿佛诉说着归来的喜悦。

春天是一位纯洁美丽的少女。她迈着轻盈的步伐从风雪中款款走来。绿色的山川是她美丽的衣衫，姹紫嫣红的花朵是她衣衫上绚丽的图案，湛蓝的湖水是她深情的眼睛，朵朵白云从她眼前飘过。清澈的河水是她的宝镜，她在镜中梳妆着俏丽的容颜。河边的柳枝婆婆娑娑，像她的秀发在风中飘扬。

春天是一支催人奋进的欢歌。在和煦的阳光下，广阔的田野里处处是劳作的身影，明亮的教室里传来琅琅的读书声，轰

---

① 本文作于 2006 年 4 月。

鸣的机器声抒发着自主创新的豪情，高耸的塔架编织着科技强国的梦想。钢铁巨龙进雪域，雪山点头，江河欢笑；航天飞船飞广寒，嫦娥舞袖，吴刚捧酒。长城内外春潮涌动，大江南北尽情欢歌。

啊！春天，你是美丽的使者，你用画笔把祖国山河描绘得万紫千红；你是生命的摇篮，绿色在你的怀抱中苏醒；你是希望的种子，走到哪里就在哪里生根发芽。我愿做春天里的一朵花、一棵柳、一条小河，用生命装扮祖国的山河。

我爱你，春天！

兰州，我可爱的家乡①

兰州坐落在黄土高原的群山环抱之中，美丽的黄河从她的身边流过，见证了她的金戈铁马，也见证了她的荣辱兴衰。拂去历史的尘埃，兰州正以崭新的面貌矗立在黄河两岸。一栋栋高楼似雨后春笋般拔地而起，一条条宽阔的道路把城市向远处延伸。四十里黄河风情线上不同风格的园林、雕塑、喷泉，似一幅美丽的画卷铺展在黄河两岸。兰州，这座黄土高原上的古城，处处充满着现代气息，呈现出一派生机勃勃的景象。

春天，黄河两岸的柳树在和煦的春风里露出嫩绿的小芽，连翘、杏花、丁香、桃花、梨花相继开放。远远望去，滨河路笼罩在葱茏中，各种花树点缀其中，更多了一些妩媚。在南滨河路东头林荫道的边上，坐落着一栋不起眼的五层小楼，小楼的墙面上有一只小蜜蜂的图标，在小楼的顶端矗立着"读者出版集团"几个大字，这就是平淡中透着神奇的读者杂志社所在地。三十年前的春天，乘着改革开放的春风，《读者》杂志创刊发行，著名书法家赵朴初为它题写了刊名。三十年来，这只小蜜蜂飞进了千家万户，现在已成为发行量亚洲第一、世界第三的杂志。在我生命最低沉的时候，是《读者》给了我精神上的慰藉。在我迷失自我不知所措的时候，是《读者》给我指引方向。《读者》陪伴我走过人生的风风雨雨。

夏季是兰州最美的季节。满街花花绿绿的衣裙流动，女人们把这个城市打扮得花枝招展。绿树成荫的滨河路上游人如织，

---

①此文作于2009年8月。

大人们在散步、品茶、聊天，孩子们互相追逐嬉戏，情侣们则依偎在一起说着悄悄话。每当夜幕降临的时候，滨河路上华灯齐放，璀璨的灯光映在河水中，河面上波光粼粼，黄河变成了一条流动的灯河。凉爽的晚风轻轻吹动着柳枝，似美人的裙裾摇曳，滨河路的夜晚很浪漫。

秋天来临，兰州郊外的田野上色彩缤纷。红红的苹果挂在枝头上，金黄的玉米堆满了农家小院……在兰州市的近郊，有一个叫西果园的地方，那里出产享誉海内外的优质百合。每年夏天七八月的时候，百合花开满了那里的山梁沟壑，红艳艳的色彩令人兴奋。农民将百合花摘下晾干，在冬天到来时用它做菜，那是一道美味的佳肴。秋天，百合成熟的时候，农民把百合从地里挖出来，经过一番打理包装，似白玉一般的百合就坐火车，乘飞机，漂洋过海，走上了人们的餐桌。看着丰收的田野，看着山坡上一栋栋崭新漂亮的农家小院，看着乡亲们脸上露出的开心笑容，我们的心也醉了。秋天，我们收获了幸福。

兰州的冬天虽然寒冷，但阻挡不了兰州人喜好美食的热情。遍布于城市大街小巷的餐馆里经营着陇菜、川菜、粤菜、湘菜，手抓羊肉、小肥牛、牛肉面、火锅等美食，家家餐馆里都食客满座。牛肉面是兰州人最喜爱的面食。每天早晨，城里大大小小的牛肉面馆都坐满了来吃面的客人，一碗面吃下去，便觉得神清气爽、浑身舒坦。外地人到兰州来，也会慕名去品尝牛肉面的美味。在众多的牛肉面馆中，"马子禄""金鼎"等品牌最受欢迎。

我站在黄河岸边，看着奔流不息的黄河，思绪万千。20世纪80年代初的兰州，灰蒙蒙的天空下，是为数不多的楼房和一大片低矮的平房，窄窄的街道两旁分布着一些店铺。街道上车辆不是很多，除了公交车，就是拉货的卡车，很少看见小轿车，人们出行只能乘坐公交车。公交车线路少，加之每条线路上车辆也少，所以每次乘车都是你争我抢，车厢里很拥挤。那时，城市居民的居住条件都很差，大多数人家都住在平房里。我们家住的是一间十多平方米的小平房，这间房子既是卧室也是客厅还兼作厨房，几样简单的家具和一个收音机是我们的全部家当。到了20世纪80年代末，我们家添置了电视机、电冰箱。90年代末，我们搬进了漂亮的新楼房，生活变得一天比一天好。

时光飞逝，三十年过去了，兰州变成了高楼林立的繁华都市，几乎找不到过去的痕迹。漂亮的大商场比比皆是，商场里的商品琳琅满目。人们出行既有公交车、出租车，还有私家车。住房讲究宽敞舒适，吃饭讲究营养美味，穿衣讲究品牌时尚，出行讲究快捷舒适，这是兰州人生活的真实写照。

雄浑的黄河像一匹野马从青藏高原奔驰而来，坚韧不拔，九曲蜿蜒，向着大海奔流。黄河养育了兰州这片土地，也造就了兰州人朴实、豪爽、坚强、不向困难低头的性格。岁月如歌，兰州人创造了一个辉煌的过去，也必将创造出一个更加美好的明天。

我爱兰州，爱这片生我养我的土地。

回家的路上①

这是一个暮春的下午，天空阴云密布，好像要下雨的样子，风吹着柳树的枝条东摇西摆，随风而起的尘土迷得人睁不开眼睛。我外出办完事后乘坐公交车回家，一路上堵车，当车走到小西湖立交桥上的时候停了很长时间。我向窗外望去，公路上的汽车像长龙一样从白塔山公园一直到肺科医院。看着这慢慢蠕动的汽车长龙，我的心里感觉很压抑。这时，车上的人们纷纷扭头看着窗外，边看边嘟嘟囔囔说着埋怨的话。自从兰州市开始重新铺设污水管道以来，整个城市道路都开膛破肚，堵车便是家常便饭。看着车走走停停，我想着急也没用，于是便从包里拿出一本书看了起来。突然，一阵机器的轰鸣声把我从冥想中拽了回来。我看到窗外的公路上一组大型机器正在重新铺设路面，路面一半因此而封闭，所有的车辆都挤在剩下的路面上。公路中间是由花坛组成的隔离带，花坛里种的是月季花，花的叶子已经被汽车尾气熏得有点黑。花叶和花瓣一副灰头土脸的样子，但它们依然顽强地生长着。我看着眼前的月季花，心情变得更加低落。

风吹散了乌云，天空渐渐变晴朗了。公交车继续慢慢往前走着，当走到阿西娅手抓羊肉餐厅前面的那段路时，又开始堵车。我看到路边聚了很多人，猜想着是不是发生了什么事？可仔细一看又不像。我看到有的人手里提着鸟笼子站在那里，有人转来转去，一边看着笼中小鸟，一边在和主人说话。原来这

---

①此文作于2009年9月。

里是一个花鸟市场。笼中的小鸟羽毛散乱而且没有多少光泽，它们神情呆滞地看着路人。眼前的情景使我想起了三年前在兴隆山见到的小鸟。在青翠的兴隆山上，鸟儿们在树林里飞来飞去，欢快的叫声在山谷中回响。一只身上长着黄色羽毛的鸟儿引起了我的注意，它在我的眼前飞着，一会儿落在屋顶上，一会儿飞上树梢，叽叽喳喳地叫个不停，似在向我问好，又像在给我引路。它的眼睛清澈而有神，那金灿灿的羽毛就像油菜花一样鲜艳。我被当时的情景所感染，记得我对同行的朋友说："如果有来生，我愿做一只小鸟。"朋友开玩笑说："如果那只鸟被关进笼子里可好啊？"现在想起来也是，小鸟本可以自由自在地生活，有些人却将它装进笼子，拿到市场叫卖。这些鸟虽有翅膀却不能飞翔，虽有吃食却没有自由，如果来生真成了笼中鸟，岂不悲哀？

正在胡思乱想的时候，一阵犬吠声惊醒了我，一看公交车已经来到雁滩黄河大桥的下面。这里是一个自然形成的狗市。大狗被主人用绳子牵着站在马路边，它们目光散乱地看着过往的行人和车辆，神情低落，眼中似有哀怨和乞求。小狗被装在铁丝笼子里，它们在里面挤来挤去，睁着好奇的眼睛看着周围的一切，一副不谙世事的样子。看到这些狗儿，我心里有些痛。

车过了雁滩黄河大桥，我到站下车了，回忆着一路上的所见所闻，我在想，生活在城市里的花儿、鸟儿和狗儿们，它们究竟是幸运的还是不幸的？如果是不幸的，那是谁造成了它们的不幸呢？看着高楼上属于我的那扇窗，我在想其实我与那些鸟儿、狗儿并无多大区别，始终逃不脱那个笼子和那根绳索，只不过这一切都是看不见摸不着的。

三代女人的故事①

　　1911 年 8 月在丹麦首都哥本哈根召开了世界劳动妇女第二次代表大会，确定每年的 3 月 8 日为国际劳动妇女节，至今已走过一百年的历程。一百年来，全世界的妇女在争取和平、平等、发展的道路上做出了不懈的努力。在第一百个"三八"妇女节来临之际，我心里特别怀念我的姥姥和母亲。我们祖孙三代人的经历，见证了一百年来我们国家由弱到强，人民生活由贫穷到富裕，妇女地位由卑微到平等的变化过程。百年沧桑，世事巨变，我们在幸福的时刻不能忘记先辈们付出的艰辛，我们要珍惜今天的幸福生活。

　　我姥姥出生于 1910 年，她的家在洮河岸边。她的家里很穷，父母养活不了她，在她八岁的时候，就把她卖给别人家做童养媳。一个八岁的孩子每天不仅要喂猪喂鸡、打扫庭院，还要忍受婆婆的辱骂和殴打，她的童年是在屈辱和泪水中度过的。她十六岁的时候和我姥爷结婚，婚后生了我母亲及五个舅舅两个姨娘。在她三十五岁的时候公婆相继去世，我姥爷也因病去世，生活的重担压在了她一个人的肩上。为了生活，她拖儿带女一路乞讨来到阿干镇。到阿干镇后，生活依然无着落，她只有沿街乞讨和给别人做针线活维持生活，生活的艰辛可想而知。1949 年，兰州解放了，人民政府非常关心穷苦人的生活，给我两个舅舅安排了工作，从此姥姥家的生活才一天天好起来。

　　我母亲出生于 1931 年。在她七岁的时候，我姥姥拿来长长

---

①此文作于 2012 年 3 月。

的裹脚布，要给她裹脚，她很害怕不让裹，可是姥姥还是流着泪给她裹上了。姥姥一边裹一边说："女孩子不裹脚没人要，将来嫁不出去怎么办？"那裹脚布硬生生地把母亲的四个脚指头压在了脚底下，痛得她哭闹不止、彻夜难眠。她曾偷偷地拆掉裹脚布，被姥姥发现后又重新裹上，反反复复好多次，最终她的脚还是被裹得变了形。千百年来，那条裹脚布不仅裹住中国妇女的脚，也成了她们的精神枷锁。解放了，人民政府号召女人拆掉裹脚布，广大妇女积极响应，我母亲也将裹在她脚上十年的裹脚布扔进垃圾堆。伴随着妇女解放的浪潮，我母亲进了识字班，学会了简单的文字，并且进工厂当了工人，从此她的生活变得阳光明媚。我母亲的人生经历是她们那个时代大多数女性生活的缩影。

母亲生了七个孩子。在那个物资匮乏的时代，粮食及日常生活用品都实行配给制，每人都有定量。我们家孩子多，而且我们都处在长身体的时候，饭量特别大，每月的粮食都不够吃。母亲没办法，只好拿我家的白面跟别人家换玉米面，一斤白面换两斤玉米面。为了我们能吃饱饭，还领着我们去挖野菜。每次吃饭，母亲总是最后一个端起饭碗，有时饭不够吃，她就说自己不想吃饭。那时我们不懂事，不知道生活的艰辛，总是惹母亲生气。等我们都长大了，生活也一天天好起来的时候，母亲却得了脑血栓病，半身不遂，在病痛的折磨中离开了人世。

我出生在 20 世纪 50 年代末，七岁的时候母亲将我送进学校上学。每当我背起书包走出家门的时候，母亲脸上总是浮现出羡慕的表情。我在共和国的怀抱中快乐成长。长大后，我参加了工作，从林业工人到政府机关的干部，最终成为一名光荣

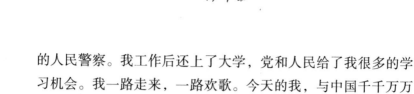

的人民警察。我工作后还上了大学，党和人民给了我很多的学习机会。我一路走来，一路欢歌。今天的我，与中国千千万万妇女一样，不论是在家庭生活还是社会生活中，都拥有和男同志一样的权利，在祖国的社会主义建设中，在社会生活的各个方面我们都发挥着"半边天"的作用，实现了一百年前妇女争取平等、发展的目标。百年三八，百年芳华，我为自己生活在这个伟大的国家、这个伟大的时代而感到欣慰和自豪。

今天是我们女人的节日。如果黄泉有知，我要为姥姥和母亲送上深深的祝福，祝她们在天堂幸福、安康。

文

游遮阳山和官鹅沟①

　　遮阳山在甘肃漳县境内，距省城兰州180千米。官鹅沟在宕昌县境内，距省城330千米。早就听说遮阳山、官鹅沟风景如画，一直没有机会一睹其风貌，今天有空约了几个朋友一同前往。早上兰州下起了小雨，但它丝毫未减我们兴奋的心情，八点钟我们乘坐大巴离开兰州。

　　大巴车在山峦之间南行，一会儿盘上山顶，一会儿下到沟底，一会儿穿隧道，一会儿过大桥。眼前的山也渐渐由黄土色变成了绿色。雨继续下着，云雾在山腰间盘旋，空气湿润凉爽，我们有如腾云驾雾一般。中午时分，我们来到了遮阳山景区。

　　遮阳山，顾名思义是山遮住了太阳。遮阳山景区在两座大山的沟壑地带，两山之间的距离最宽处大约二三十米，最窄处不到两米，被称为一线天。两山悬崖峭壁，犬牙交错，高不见顶。一条小溪从沟里流出，因刚下过雨，有的地方水漫过了栈道。溪水清澈见底，顺着山势奔流而下。栈道蜿蜒而上，一面靠山，一面临水，密密麻麻的灌木丛几乎掩盖了栈道。树上开着不知名的花儿，有白色的、黄色的、紫色的、红色的花儿，颜色非常鲜亮。树和草因被雨水浸润，愈发显得葱绿。树叶上、花朵上和草丛里不时有晶莹的小水珠滑落，我们的衣服都被打湿了。我在想，生活在这里的植物，它们见到阳光的时间是很有限的，在有限的阳光下，它们在这两山的缝隙中顽强地生根、开花、结果，繁衍生息，绽放自己的美丽。是什么给了它们巨

---

　　①本文作于2017年5月。

大的力量？应该是生的欲望。看着眼前的景色，使我想起了刚进入景区时，有一家卖根雕艺术品的小作坊，主人是一个六十岁左右的人，看他的衣着打扮，明显是一个土生土长的农民，他中等身材，黝黑的脸上皱纹纵横交错，手上的皮肤很粗糙。他很热情地向我们介绍他的物件，可是我们用怀疑的目光看着他，问他："这是你做的吗？"他也看出了我们的心思，便坐在凳子上开始继续做他的活。他说自己从年轻时就开始学做根雕，做了很多物件，但能卖出去的很少。自从这里被开发成景区，他就来到这里卖根雕，生意还不错。看着眼前的这位老人，我们怎么也不会把他与艺术家联系在一起，可是眼前的根雕物件分明是很不错的艺术品。我忽然明白了，生长在这大山里的人就像这里的树木和花草一样，他们都有一种不向命运低头的精神。在严酷的自然条件下，他们努力地生长着、绽放着，展现自己的光彩和美丽。我正在感慨时，同行的朋友已经走到了前面，我赶紧追了上去。愈往前走，栈道愈加陡峭，有时甚至要手脚并用。我们走了大约三四千米路的时候，发现前面的路被水淹没了。同行的年轻人涉水继续前行，我们几个年纪大的人望着冰冷的溪水只好作罢，转身往回走。

下午三点钟，我们的大巴车向宕昌方向驶去。一路上我看到兰渝（兰州—重庆）的铁路正在大山深处修建，听说兰渝铁路下半年将通车，到那时，兰州到重庆只需六个多小时，大山深处的人们可以坐着火车去自己想去的地方。我为祖国的繁荣发展而感到欣喜和骄傲，也为祖国的秀美山川而感到自豪。晚上七点钟的时候，我们到达宕昌县城。

这是一个四面青山环抱的小城，岷江穿城而过。江的两岸都是六七层高的楼房，大多是酒店和饭店。我们想吃当地的小吃，便找了一个农家小院，院内吃饭的人不少。我们要了洋芋擦擦、凉拌野菜、煮玉米等几样菜。老板是一个四十多岁的女人，黝黑的脸上挂着笑容，走起路来脚下生风，显得利索和豁达。等到我们的菜上桌时，老板已不太忙了，我们便与她攀谈起来。她的家以前住在后面的山上，以前的生活很苦。后来政府开发官鹅沟旅游，她抓住机会，借钱在县城买了这个小院作饭馆，到现在已有十年了。十年来生活发生了翻天覆地的变化，平房变成了楼房，一次能接待十桌客人。说到这些，老板脸上露出了满意的笑容。天渐渐黑了下来，看黑色的天幕上繁星点点，格外明亮。在城市里生活久了，再也没有看见过如此漆黑的夜空，如此明亮的星星。周围山上有零星的灯光亮了起来，就像天上的星光，我一时似乎分不清这里是天上，还是人间，有一种飘飘欲仙的感觉。

第二天早上八点钟，我们乘车前往官鹅沟景区。景区离宕昌县城15千米路程，不一会儿就到达景区门口。进入景区后坐景区观光车游览。观光车大约走了10千米后停了下来，司机告诉我们，接下来的游览要步行。官鹅沟是一条弯曲而狭长的山沟，从景区门口到最里面，大约有20千米路程。沟的两侧是高耸的山峰，河谷地带有藏族村寨和羌族村寨。用陆游的诗"山重水复疑无路，柳暗花明又一村"来形容这里的风景再合适不过了。两边山上长着松树、柏树，还有灌木，有的松树斜挂在悬崖上，像一把撑开的伞。沟内还有许多小瀑布，从山上飞流而下，水珠洒落到路上，小孩子在路上跑来跑去，接受着水滴的洗礼。空气就像被水洗涤了似的，清新舒爽。我们一路走一

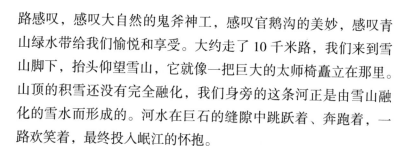

路感叹，感叹大自然的鬼斧神工，感叹官鹅沟的美妙，感叹青山绿水带给我们愉悦和享受。大约走了 10 千米路，我们来到雪山脚下，抬头仰望雪山，它就像一把巨大的太师椅矗立在那里。山顶的积雪还没有完全融化，我们身旁的这条河正是由雪山融化的雪水而形成的。河水在巨石的缝隙中跳跃着、奔跑着，一路欢笑着，最终投入岷江的怀抱。

　　第三天傍晚，我们结束这次旅行回到了兰州。回忆这三天的旅行，我在心里问自己，大自然有生命吗？我们人类与大自然究竟是什么关系呢？思忖良久，顿然开悟，我觉得大自然是有生命的。你看雪山不就像我们的父亲吗？他不善言谈，看似冰冷、威严，但他的心里藏着一把火，他融化自己，滋润万物，永远不求回报，人常说"父爱如山"。大地不就是我们的母亲吗？她生长万物，供我们取用，我们在她的怀抱中生息繁衍。人类不是大自然的主宰者，而是大自然的孩子，我们要用一颗感恩的心，就像感恩父母一样感恩大自然，顺应自然，爱护自然，与自然和谐共生。

文

你快乐吗[1]

"你快乐吗?"相信不同的人有不同的回答。也许有人会说:"我不快乐。因为我的钱不够多。"有人会说:"我不快乐,因为我的生活太平淡。"还有人会说:"我不快乐,因为我付出的多却收获的少。"还有很多不快乐的理由。我们怀着一颗焦虑的心,穿梭在城市的水泥丛林中,来不及看一眼天空的云卷云舒、树木的花开花落。我们匆忙地工作,匆忙地生活,顾不上跟自己的心灵对话。一天又一天,一年又一年,我们都这样走过,快乐究竟在哪里呢?

停下我们匆忙的脚步,尝试着走近自然,聆听自然的声音,与自然亲切对话,我们会感知快乐。快乐其实就藏在我们的心里,只是我们平时太注意外在的东西,而忽略了它的存在,快乐才会离我们越来越远。用包容的心宽恕他人,用温暖的心温暖别人,用平和的心看待自己和别人,那你就找到了快乐的本源。一个懂得感恩和内心有爱的人,他是快乐的;一个追求理想并为之奋斗的人,他是快乐的;一个心态平和而温暖的人,他是快乐的;一个热爱自然,热爱生活的人,他是快乐的。

我们要有感恩的心,感恩我们的党,感恩我们的国家,感恩父母,感恩亲人,感恩帮助过自己的人,感恩天地万物,并且用爱和实际行动来表达这种情怀。爱就像罗马涌泉中的水,当最上面的一只碗里装满水后,水开始流到下面的第二只碗里,第二只碗水满后又流到第三只碗里,第三只碗水满后,水开始

---

①此文作于 2018 年 7 月。

重新回到第一只碗里，每一只碗接受并付出，平静且生机勃勃。你的生命是否精彩，你是否快乐，就看你心中藏有多少爱，以及你愿意为国家、为人民、为别人付出爱的程度。你付出的爱越多，你获得的快乐也就越多。新时代雷锋精神的传承人郭明义同志，是鞍山钢铁公司的一名普通的工人，他不仅爱岗敬业，踏踏实实做好自己的本职工作，而且还无私地帮助别人。他自己生活并不富裕，却经常拿出钱来资助那些需要帮助的人。他帮助过孤寡残疾人，资助过因贫困而上不起学的人，用鲜血挽救过他人的生命。他做了很多很多的好事，赢得了人们的尊重和赞扬，他的生命变得光彩夺目，他虽清贫而快乐。

人生一定要有理想，当你把自己的理想与国家的命运相联系的时候，你的内心一定会感到满足和快乐。在青海有一个叫金银滩的地方寒冷而荒凉，20世纪五六十年代，有一群人从全国各地来到了这里，从此，他们隐姓埋名，在这里工作和生活。六年后，原子弹在罗布泊爆炸成功，使美帝国主义想要颠覆我们国家的企图破灭，金银滩的这群人欢呼雀跃。他们之所以能忍受高原上的荒凉和寒冷，忍受物质生活的匮乏，忍受与亲人的别离，是因为他们心中有一个坚定的理想，就是为国家造出原子弹。多年后，他们的事迹才被公开，他们从风华正茂的青年已变成步履蹒跚的老者。有记者采访一位老人，问他对过去这段经历的感受时，老人说，他为自己能为国家贡献绵薄之力而感到骄傲和快乐。这个故事深深地感动了我。

我们要有一颗包容的心，包容自己也包容别人，接纳一个真实的自我，对自己取得的成绩不沾沾自喜，对自己曾经所犯的错误不耿耿于怀，学习别人的优点，宽恕别人的过失，以客观公正的心态看待仇人。一颗包容的心就像大海一样，大海是快乐的，我们的心是快乐的。

我们要做一个内心温暖的人，要像火一样，不论是顺境还是逆境，决不气馁，始终保持积极向上的姿态，那么，任何艰难困苦都不能把我们打倒。火燃烧自己温暖别人，它的内心是快乐的。

我们热爱自然，就要走近自然。春天，我们赴一场与花儿的约会，我们抚摸她的脸颊，听她在我们耳边说悄悄话。风中飘着花的芬芳，我们感知快乐，心就像少女般萌动；夏天，我们漫步在绿荫树下，接受大树的庇护，仰望片片树叶，我们知道了感恩，我们的心会变得宁静而安详；秋天，我们走向田野和山峦，品尝秋的果实，感受秋的色彩，我们的心会变得踏实而幸福；冬天，在大雪纷飞的日子，我们在雪地里行走，手捧雪花，我们看到了雪花的轻盈和纯洁，我们的心会变得敞亮和浪漫。走过四季，我们感知快乐，收获幸福。

热爱自然，我们还要珍爱自然，与自然和谐相处。以前有一本很畅销的书，书名叫《水知道》。作者在这本书中讲了一个关于水的故事。假如你面前放着两杯水，你对着其中一杯水微笑，对它表现出很友善的样子，而对另一杯水表现出恶意，然后把它们同时放入冰箱冷冻。水结冰后把它们取出，这时你会看到两个完全不同的结晶图案。你微笑过的水结冰后，结晶体内是像雪花一样美丽的图案；你表现出恶意的水结冰后，结晶体内是一个漩涡状的图案；线条很杂乱。水用不同的结晶图案表达了自己的喜怒哀乐，可见水也是有生命的。庄子认为世间万物皆有生命，人只是大自然的一分子，而不是自然的主宰者。

所以，我们要善待大自然，它快乐，我们快乐。

我们热爱生活，但不强求生活。一棵大树静静地站在山脚下，树下有一片绿色的小草，大树仰望高山，想长得和山一样高，小草仰望大树，想长得和大树一样高。它们拼尽全力努力生长着，可是它们一生都没有实现自己的愿望，最后只落得身心疲惫。庄子说："达生之情者，不务生之所无以为，达命之情者，不务知之所无奈何。"这段话的意思是：明白养身之理的人，不追求无法做到的事；通晓生命之理的人，不追求智力所无能为力的事。所以，树不在高低，有用就是才；草不在高低，绿色就是歌。做自己该做的事，不羡慕别人的荣华富贵，不给自己设置超过自己能力的目标。自然自在地生活，这就是快乐。

人世间纷繁复杂，有太多的困苦和不平，我们无法改变现实，但我们可以改变心情。与其在世俗的纷扰中痛苦挣扎，倒不如静下心来，在自己的心灵里开垦出一块地，种上鲜花和小树，然后沏上一杯热茶，坐在阳光下，静静地看着它们长大。